目次

影の男

新・知らぬが半兵衛手控帖

江戸町奉行所には、与力二十五騎、同心百二十人がおり、南北合わせて三百人ほどの人数がいた。その中で捕物、刑事事件を扱う同心は所謂《いわゆる》〝三廻り同心〟と云い、各奉行所に定町廻り同心六名、臨時廻り同心六名、隠密廻り同心二名とされていた。

臨時廻り同心は、定町廻り同心の予備隊的存在だが職務は全く同じである。そして、定町廻り同心を長年勤めた者がなり、指導、相談に応じる先輩格でもあった。

第一話　闇茶屋

一

組屋敷の庭と縁側《えんがわ》は朝陽《あさひ》に溢《あふ》れていた。

北町奉行所臨時廻《りんじまわ》り同心の白縫半兵衛《しらぬいはんべえ》は、縁側に座って廻《まわ》り髪結《かみゆい》の房吉《ふさきち》の日髪《ひがみ》日剃《ひぞり》を受けていた。

半兵衛の月代《さかやき》の髪を剃る房吉の剃刀《かみそり》は、小さな音を鳴らしていた。

半兵衛は、眼を瞑《つぶ》ってその心地《ここち》好さに浸《ひた》っていた。

「旦那《だんな》。御存知《ごぞんじ》ですか……」

房吉は、剃刀を動かしながら半兵衛に尋《たず》ねた。

「何を……」

「お役者茶屋《やくしゃぢゃや》ってのを……」

「お役者茶屋……」

半兵衛は、聞き慣れない言葉に戸惑いを浮かべた。

「ええ。若い役者や二枚目の遊び人なんかが、女客の相手をして遊ばせるって店ですよ」

房吉は、日髪日剃の手を止めずにお役者茶屋の説明をした。

「へえ。そんな店があるのか……」

「ええ。女客をお姫様扱いして、そりゃあもう至《いた》れり尽《つ》くせり。で、女客はその楽しさに溺《おぼ》れ、上機嫌になって通い詰め、大金を使うって絡繰《からく》りですよ」

房吉は苦笑した。

「そいつは、いろいろありそうだな……」

「ええ。あっしが出入りしているお店《たな》のお嬢さんもお役者茶屋遊びに現《うつつ》を抜《ぬ》かし、十両もの借金を作ったって話ですぜ」

房吉は眉《まゆ》をひそめた。

「若い娘が十両の借金か……」

半兵衛は、瞑っていた眼を開けた。

不忍池《しのばずのいけ》の水面《みなも》は、朝陽を受けて煌《きら》めいていた。

半兵衛は、不忍池の畔《ほとり》を雑木林《ぞうきばやし》に進んだ。

雑木林の入口には木戸番《きどばん》がいた。

「やあ。御苦労だね……」

「此《これ》は、白縫さま。仏は此《こ》の奥です」

木戸番は報《しら》せた。

「うむ……」

半兵衛は、雑木林の奥に進んだ。

雑木林の奥には、半次《はんじ》と町役人《ちようやくにん》たちがいた。

「此は、白縫さま……」

町役人たちは半兵衛に挨拶《あいさつ》をした。

「御苦労だね。仏は……」

「こっちです」

半次は、半兵衛を筵《むしろ》を被《かぶ》せた死体の傍《そば》に誘《いざな》った。

半次は筵を捲《めく》った。

筵の下には、羽織《はおり》を着た初老の男の俯《うつぶ》せの死体があった。

俯せの死体の後頭部は血に塗《まみ》れ、傍《かたわ》らにある岩には血が付いていた。

「岩に頭を打ったか……」

半兵衛は眉をひそめた。

「はい。誰かに突き飛ばされたんですかね」

「おそらくね……」

「で、血の乾き具合から見て、頭を打ったのは昨夜ですか……」

半次は読んだ。

「うむ。どうやら、その辺りだね」

半兵衛は、指先で血の具合を見て頷《うなず》いた。

「で、懐《ふところ》には一両二朱入りの財布が残されていました」

半次は、財布を出して見せた。

「金が狙いじゃあないか……」

「おそらく……」

「して、仏さんの身許《みもと》は……」

「どうやら神田《かんだ》明神《みようじん》門前の小間物屋《こまものや》の旦那のようでして、今、自身番《じしんばん》の番人が店の者を呼びに行っています」

「小間物屋の旦那ねえ……」

「旦那……」

半次は、やって来た自身番の番人と羽織を着た男を示した。

「やあ……」

「旦那、親分。神田明神門前の小間物屋梅花堂《ばいかどう》の番頭の茂助《もすけ》さんです」

番人は、半兵衛と半次に茂助を引き合わせた。

「梅花堂の番頭の茂助にございます」

「うむ。半次……」

半兵衛は、半次を促《うなが》した。

「はい。じゃあ、番頭さん……」

半次は、茂助を死体の傍に誘った。

番頭の茂助は、合わせた手を解いて死体の顔を見詰め、大きな溜息《ためいき》を吐《つ》いた。

「番頭さん……」

「はい。手前共の主《あるじ》の喜兵衛《きへえ》にございます」

番頭の茂助は、仏が小間物屋梅花堂喜兵衛と見定《みさだ》めた。

「間違いないね」

半次は念を押した。

「はい……」

茂助は頷いた。

「じゃあ、茂助。昨夜、旦那の喜兵衛、何処《どこ》に出掛けたのかな……」

半兵衛は尋ねた。

「は、はい。昨夜、旦那さまは若い頃から知り合いの扇屋《おおぎや》の旦那さまと、不忍池の畔の料理屋で逢《あ》うと……」

「知り合いの扇屋の旦那ってのは……」

「神田須田町《かんだすだちょう》の扇屋香風堂《こうふうどう》の吉右衛門《きちえもん》さまにございます」

「逢った料理屋は何て店です」

「さあ、そこ迄《まで》は……」

「分かりませんか……」

「はい。あの、お内儀《ないぎ》さんが心配されていますので……」

茂助は、遠慮がちに尋ねた。

「よし、詳《くわ》しい事は又《また》後で聞かせて貰《もら》う。仏さんを引き取っていいよ」

半兵衛は許可した。

半兵衛と半次は、雑木林から出た。

「旦那、親分……」

下っ引《したびき》の音次郎《おとじろう》が、駆け寄って来た。

「おう。仏さんの足取り、何か見付かったかい……」

半次は迎えた。

「はい。仏さんらしい旦那が女と一緒にいたようです」

「女と……」

半次は眉をひそめた。

「ええ。下谷広小路《したやひろこうじ》で女と歩いている処を見掛けた者がいました」

音次郎は告げた。

「旦那……」

「うん。番頭の話と違うな……」

「はい……」

「よし、半次。喜兵衛が扇屋香風堂の吉右衛門と逢ったにしろ、女と一緒だったにしろ、不忍池の畔の料理屋の何処かだろう。音次郎と当たってくれ。私は神田須田町の扇屋香風堂の吉右衛門に逢ってみる」

半兵衛は告げた。

不忍池は煌めき続けた。


半次と音次郎は、不忍池の畔にある料理屋に聞き込みを掛けた。

だが、小間物屋『梅花堂』喜兵衛らしき旦那が他の旦那や女と訪れた料理屋は、容易に見付からなかった。

半次と音次郎は、小間物屋『梅花堂』喜兵衛の足取りを探し続けた。


扇屋『香風堂』は、神田八ツ小路《かんだやつこうじ》から神田須田町に入った処《ところ》にあった。

半兵衛は、扇屋『香風堂』を訪れ、主の吉右衛門に面会を求めた。

吉右衛門は、半兵衛を座敷に通した。

半兵衛は、出された茶を啜《すす》った。

「お待たせ致しました。香風堂主の吉右衛門にございます」

肥《ふと》った初老の旦那が入って来た。

「やあ。北町奉行所の白縫半兵衛だ。ちょいと訊きたい事があってね」

半兵衛は笑い掛けた。

「はい。何でございましょう……」

「うむ。他でもない。昨夜は何処で何をしてたのかな……」

半兵衛は訊いた。

「昨夜ですか……」

「うむ、昨夜だ……」

「昨夜は、番頭の庄八《しょうはち》と店で帳簿の整理をして、酒を飲んでいましたが……」

吉右衛門は、戸惑った面持《おもも》ちで半兵衛を見た。

「そいつに間違いはないね」

「は、はい。何でしたら番頭の庄八に確かめられますか……」

「いや。それには及ばない……」

半兵衛は苦笑した。

「白縫さま。昨夜、何かあったのですか……」

「うん。昨夜、不忍池の畔の雑木林で小間物屋梅花堂の喜兵衛が殺されてね

「ええっ、喜兵衛が殺された……」

吉右衛門は驚いた。

「うむ。昨夜、不忍池の畔の料理屋で喜兵衛と逢い、酒を飲んだなんて事は……」

「あ、ありません。白縫さま、喜兵衛は誰にどうして……」

吉右衛門は、激しく狼狽《うろた》えた。

「落ち着け、吉右衛門。そいつを今、探索しているのだ……」

半兵衛は苦笑した。

どうやら、扇屋『香風堂』吉右衛門は、小間物屋『梅花堂』喜兵衛殺しには拘《かか》わりはないようだ。

殺された喜兵衛は、女との逢引《あいび》きを誤魔化《ごまか》す為に吉右衛門の名前を使ったのだ。

半兵衛は苦笑した。

「は、はい……」

吉右衛門は、狼狽えて弾《はず》ませた息を整えた。

「処《ところ》で吉右衛門。喜兵衛に情婦《おんな》はいたかな……」

「えっ……」

「情婦だ……」

「は、はい。そりゃあ、まあ、それなりに……」

「今、付き合っている情婦は……」

「さあて、確か今は決まった情婦はいなかったと思いますが……」

「そうか……」

「はい。それから白縫さま。喜兵衛は年相応の年増《としま》より、若い女が好きでして……」

吉右衛門は、声を潜《ひそ》めた。

「ほう、若い女が好きか……」

昨夜、喜兵衛は若い女と逢引きをしていたのかもしれない……。

半兵衛は読んだ。

不忍池の中之島弁財天《なかのしまべんざいてん》は、参拝客《さんぱいきゃく》で賑《にぎ》わっていた。

半次と音次郎は、不忍池の畔の茶店で茶を飲み、一息ついていた。

「ありませんでしたね。昨夜、喜兵衛が行ったたって料理屋……」

音次郎は、団子《だんご》を食べて茶を啜った。

「ああ。喜兵衛が扇屋の旦那と不忍池の料理屋に行ったたってのは、どうやら嘘《うそ》だな」

半次は読んだ。

「ええ……」

音次郎は頷いた。

「で、女と一緒にいたのが本当だとなると、曖昧宿《あいまいやど》なんかも当たってみるか……」

半次は、茶を飲み干した。

北町奉行所は表門を八文字《はちもんじ》に開き、多くの人々が忙《いそが》しく出入りをしていた。

半兵衛は、同心詰所《つめしょ》に入った。

「あっ、半兵衛さん……」

当番同心が声を掛けて来た。

「おう……」

「大久保《おおくぼ》さまがお呼びです」

「私は今朝方見付かった不忍池の畔の殺しの一件で御用繁多《はんた》。大久保さまにそうお伝えしてくれ」

「そいつは分かった……」

吟味方与力《ぎんみかたよりき》の大久保忠左衛門《ちゅうざえもん》が戸口に立っていた。

「これは大久保さま……」

半兵衛は、慌《あわ》てて挨拶をした。

「半兵衛、儂《わし》の用部屋に参れ」

忠左衛門は、細い筋張《すじば》った首を伸ばして命じ、踵《きびす》を返した。

「はっ……」

半兵衛は項垂《うなだ》れ、重い足取りで続いた。

当番同心は、浮かぶ笑みを懸命に嚙《か》み殺した。

「して、御用とは……」

半兵衛は、文机《ふづくえ》の前に座った忠左衛門に尋ねた。

「うむ。半兵衛、儂の古くからの友の末娘がお役者茶屋と云《い》う訳の分からぬ処に出入りし始めてな」

忠左衛門は、白髪眉《しらがまゆ》をひそめた。

「お役者茶屋ですか……」

半兵衛は、思わず身を乗り出した。

「うむ。半兵衛、知っているのか……」

忠左衛門は、筋張った細い首を伸ばした。

「いえ。噂《うわさ》をちょいと……」

「そうか……」

「して、その友の末娘は……」

「それなのだが、お役者茶屋で若い役者を相手にお座敷遊びをし、大枚《たいまい》の借金を作ってな。家の金を持ち出す騒ぎになったそうだ」

忠左衛門は、細い首の筋を引《ひ》き攣《つ》らせた。

「それはそれは……」

「それでだ、半兵衛。不忍池の畔の殺しの一件で忙《いそが》しいのは分かるが、お役者茶屋と申すものをちょいと調べてはくれぬか……」

忠左衛門は、白髪交じりの小さな髷《まげ》の頭を半兵衛に下げた。

「分かりました。出来るだけ早く調べてみます」

　半兵衛は頷いた。

「そうか。宜しく頼む……」

「して、大久保さま。その友のお方とは……」

「うむ。本郷《ほんごう》は御弓町《おゆみちょう》に住む小普請組《こぶしんぐみ》の大谷文之進《おおたにぶんのしん》。お役者茶屋に現を抜かしている末娘は弥生《やよい》だ」

　忠左衛門は、細い首の筋を震わせた。

「本郷御弓町の大谷文之進さまと末娘の弥生どのですな……」

　半兵衛は念を押した。

「うむ……」

「大久保さま。此度《こたび》の一件、大谷さまと弥生どのにとり、決して良い結果になるとは限りませんが、それでも……」

　半兵衛は、忠左衛門の出方を窺《うかが》った。

「半兵衛、文之進は既に覚悟を決めている」

　忠左衛門は、細い首の筋を引き攣らせ、悔《くや》し気《げ》に告げた。

「そうですか……」

半兵衛は、友の苦衷《くちゆう》を憂《うれ》う忠左衛門の胸の内を察した。

不忍池の畔、茅町《かやちよう》二丁目の外れは、大名家の江戸中屋敷や寺が連《つら》なっていた。

半次と音次郎は、曖昧宿や座敷を使わせる小料理屋などに聞き込みを続け、茅町二丁目の外れの小料理屋まで来た。

「えっ。昨夜ですか……」

小料理屋の大年増《おおどしま》の女将《おかみ》は、微《かす》かな戸惑いを過《よ》ぎらせた。

「ああ。初老のお店の旦那、梅花堂の喜兵衛さんだが、女と来なかったかな……」

半次は尋ねた。

「さあ。お客はいろいろいますからねえ」

大年増の女将は惚《とぼ》けた。

「女将、此奴《こいつ》は殺しの拘《かか》わりだ。下手《へた》に惚けると、下手人《げしゆにん》を庇《かば》った罪で牢屋敷《ろうやしき》入りだよ」

半次は、冷たく云い放った。

「そ、そんな……」

大年増の女将は驚き、厚化粧をひび割れさせた。

「女将さん、逢引きの男と女に二階の座敷を貸して稼いでいるのは分かっているんだ。うちの親分の訊く事に素直に答えた方が良いぜ」

音次郎は笑った。

「き、来ましたよ。梅花堂の喜兵衛旦那、若い女と……」

大年増の女将は項垂れた。

「若い女……」

「ええ……」

「どんな女だ……」

半次は訊いた。

「どんなって、口の利き方から見て、ありゃあお店の娘ですよ……」

「お店の娘……」

半次は眉をひそめた。

「親分……」

音次郎は、戸惑いを浮かべた。

「うん。で、喜兵衛と若い女、何か話をしていなかったかい……」

「さあ。さっさと二階に上がって行ったから、良く知りませんよ」

大年増の女将は、困惑を浮かべた。

「そうか……」

半次と音次郎は、大年増の女将の聞き込みを続けた。

陽は、不忍池の西に大きく傾き始めた。


本郷御弓町の旗本御家人屋敷街は、西日に照らされた。

半兵衛は、二百石取りの旗本大谷文之進の屋敷を眺《なが》めた。

大谷屋敷は西日を浴び、静寂《せいじゃく》に覆《おお》われていた。

斜向《はすむ》かいの旗本屋敷から中年の下男《げなん》が現れ、表門前の掃除を始めた。

半兵衛は近付いた。

「やあ……」

「こりゃあ、お役人さま……」

下男は、掃除の手を止めた。

「ちょいと訊きたいのだが、そこの大谷さまはどんな家風のお屋敷なのかな
……」

半兵衛は尋ねた。

「は、はい。大谷さまの旦那さまは、質実剛健《しつじつごうけん》なお方ですが、手前共のような奉公人にも気さくに声を掛けて下さる拘《こだわ》りのない方で、お屋敷は笑い声の絶えない、賑やかな家風にございますよ」

「ほう。そりゃあ良いな……」

「はい。ですが近頃は……」

下男は眉をひそめた。

「近頃は、変わったのかな……」

「ええ。近頃は何だか、静かと云うか、暗いと云うか……」

「ほう。そいつはどうしてかな……」

「さあ。その辺りの事は手前共にも良く分かりませんが、弥生さまと仰《おつしや》る下のお嬢さまが病の床に就《つ》かれたとか……」

「下のお嬢さまが病……」

半兵衛は眉をひそめた。

「はい。以来、お屋敷から笑い声も消えて……」

下男は、心配そうに眉を曇《くも》らせた。

「そうか……」

おそらく、大谷文之進はお役者茶屋に現を抜かした末娘の弥生を屋敷に閉じ込め、病の床に就いたとしたのだ。

半兵衛は読み、大谷屋敷を眺めた。

大谷屋敷は、夕陽に照らされていた。

二

燃え上がる囲炉裏《いろり》の火は、鳥鍋《とりなべ》の尻を包んでいた。

半兵衛、半次、音次郎は、囲炉裏端に座って鳥鍋が出来るまで酒を飲んでいた。

「そうか。昨夜、梅花堂の喜兵衛、お店の娘らしい女と場末の小料理屋の二階で逢っていたか……」

半兵衛は、湯飲茶碗の酒を啜った。

「はい。で、一刻（二時間）程遊んで、帰って行ったそうです」

半次は告げた。

「お店の娘か……」

半兵衛は眉をひそめた。

「ええ。旦那、そのお店の娘、喜兵衛の相手をして金を貰っていたようですぜ」

「金欲しさに身体を売っているか……」

半兵衛は読んだ。

「ええ。で、もしその娘が喜兵衛を殺したとなると、残されていた一両二朱入りの財布が気になりますが……」

「おそらく、無我夢中で突き飛ばし、恐ろしくなって逃げたのだろうな……」

「で、財布を取るのを忘れましたか……」

「うむ。処で半次、音次郎。大久保さまの古くからの友の末娘がお役者茶屋に現を抜かして借金を作り、家の金を持ち出して騒ぎになったそうだ」

半兵衛は告げた。

「お役者茶屋ですか……」

「うむ……」

「で、その娘さんは……」

「父親が病に罹《かか》ったと称して軟禁《なんきん》したようだ」

「軟禁ですか……」

どうやら、昨夜の『梅花堂』喜兵衛殺しには拘わりはないようだ。

半次は睨《にら》んだ。

「うむ。半次、ひょっとしたら喜兵衛殺し、お役者茶屋が絡《から》んでいるかもしれないな……」

半兵衛は酒を飲んだ。

「お役者茶屋が……」

半次は眉をひそめた。

鳥鍋から湯気が噴《ふ》いた。

「旦那、親分、鳥鍋が出来ましたぜ……」

音次郎が、嬉《うれ》し気に告げた。

半兵衛は苦笑した。


半兵衛は、小間物屋『梅花堂』喜兵衛殺しの探索を半次と音次郎に任せ、お役者茶屋を営《いとな》む者を突き止める事にした。

半次と音次郎は、喜兵衛と一緒にいた若い女の足取りを追った。

金龍山浅草寺《きんりゅうざんせんそうじ》は、参拝客で賑わっていた。

半兵衛は、境内《けいだい》の隅にある茶店の縁台《えんだい》に腰掛け、行き交う参拝客を眺めながら茶を飲んでいた。

緑色の羽織を着た老爺《ろうや》が現れ、行き交う参拝客を物色《ぶっしょく》しながらやって来た。

盗人《ぬすっと》の隙間風《すきまかぜ》の五郎八《ごろはち》……。

半兵衛は見定めた。

「あれ、半兵衛の旦那じゃありませんか……」

五郎八は、半兵衛に気が付いて茶店に入って来た。そして、茶店女に茶を頼んで半兵衛の隣に腰掛けた。

「やあ。息災《そくさい》にしていたかい……」

「お蔭さまで……」

「して、獲物《えもの》は見付かったかな」

半兵衛は苦笑した。

「いえ。そいつは未《ま》だ……」

隙間風の五郎八は、威張《いば》る武士の屋敷や金に物を云わせる旦那の店に押し込み、狙った額だけの金を盗む正統派を気取っている盗人だった。

「そうか……」

「で、旦那は何を……」

「うん。二枚目を捜している」

「二枚目……」

「あぁ。五郎八、若い役者や二枚目が女を楽しく遊ばせる店を知っているかな……」

半兵衛は尋ねた。

「ああ。花川戸《はなかわど》のお役者茶屋ですか……」

五郎八は知っていた。

「うむ。そのお役者茶屋、営んでいるのは何処の誰だ……」

「へえ。町奉行所、漸《ようや》く重い腰をあげますか……」

五郎八は笑った。

「どう云う意味だ……」

「旦那、お役者茶屋は女を楽しく遊ばせて高い金を取り、金のない客は付けにして借金漬けにし、身体を売らせる悪辣《あくらつ》な商売をしているって専《もっぱ》らの噂。町奉行所が良く黙っているなと、思っていたんですよ」

五郎八は告げた。

「そうか。良く黙っているか……」

「はい……」

「ま、良い。して、お役者茶屋を営んでいるのは……」

半兵衛は尋ねた。

「おきちって年増が女将でしてね、役者や二枚目の若衆《わかしゅ》を取り仕切っているって話ですよ」

五郎八は、運ばれて来た茶を啜った。

「おきちか……」

「ええ。噂では深川《ふかがわ》の女郎《じょろう》上がり、ま、噂は噂。本当かどうかは……」

五郎八は苦笑した。

「岡場所《おかばしょ》の女郎が茶屋を営む程の金を貯め込める筈《はず》はない。となると……」

半兵衛は読んだ。

「女将のおきちの後ろに誰かがいますか……」

「ああ、きっとな……」

半兵衛は頷いた。

隅田川《すみだがわ》は滔々《とうとう》と流れていた。
浅草《あさくさ》花川戸町は、浅草広小路から隅田川沿いに南北に続く町だ。
半兵衛は、五郎八を伴って隅田川沿いの道に入って来た。
黒板塀に囲まれた料理屋があり、『若舟《わかぶね》』と染め抜かれた暖簾《のれん》を揺らしていた。
「若舟、此処《ここ》ですね……」
五郎八は、料理屋を眺めた。
「うん……」
半兵衛は頷き、料理屋『若舟』を窺った。
木戸門が開き、粋《いき》な半纏《はんてん》を羽織った若い男がお店のお内儀らしい年増と出て来た。
半兵衛と五郎八は、素早く物陰に隠れた。
お内儀らしい年増は、名残惜《なごりお》しそうに若い男に寄り添った。
若い男は、笑顔でお内儀らしい年増を抱き締め、何事かを囁《ささや》いた。
お内儀らしい年増は頷き、足早にその場を離れて行った。
若い男は見送り、顔の笑みを消して木戸門の内に戻って行った。

「若い男に遊んで貰って、楽しいんですかね」

五郎八は眉をひそめた。

「五郎八、そいつは男が若い女と遊ぶのと同じだろうな……」

半兵衛は苦笑した。

「ま、男も女も同じようなもんですからねえ。で、どうします」

「うむ。此のお役者茶屋の若舟で遊んで泣きを見た客がどのくらいいるのか、調べてみるよ……」

「分かりました。お手伝いしますよ」

「そいつはありがたい、助かるよ……」

半兵衛は笑った。

半次と音次郎は、殺された小間物屋『梅花堂』喜兵衛と遊んだお店の娘を捜した。

「金欲しさにお店の旦那と遊ぶお店の娘ですかい……」

湯島天神《ゆしまてんじん》一帯を縄張《なわば》りにしている地廻《じまわ》りの清助《せいすけ》は、色黒の顔を顰《しか》めた。

「ああ。近頃、此の辺りをうろうろしている筈だが、知らないかな……」

半次は、清助に尋ねた。

「さあて、あっしは知りませんが……」

「そうか、知らないか……」

「はい。じゃあ、半次の親分さん……」

地廻りの清助は、半次に会釈《えしゃく》をして立ち去った。

半次は吐息《といき》を洩《も》らし、傍らの茶店の縁台に腰掛け、顔見知りの老亭主に茶を頼んだ。

湯島天神の境内は、多くの参拝客が行き交っていた。

「お待たせしました……」

老亭主が、半次に茶を持って来た。

「おう……」

半次は、茶を受け取って啜った。

「親分さん、誰かをお捜しですかい……」

老亭主は尋ねた。

「ああ。お店の娘をね……」

「ひょっとしたら、小間物屋梅花堂の旦那と一緒だった娘ですか……」

「父っつあん、知っているのか……」

「見掛けましたよ。一昨夜、梅花堂の旦那と一緒にいたお店の娘……」

「見掛けた……」

「ええ。今、親分が腰掛けている処で落ち合いましてね……」

「此処で……」

半次は、思わず腰を浮かした。

「ええ。日も暮れて店を閉めようとしていた時、梅花堂の旦那が息を弾ませて来ましてね。お店の娘はいなかったかと……」

老亭主は、白髪眉をひそめた。

「で……」

半次は、話の先を促した。

「どんな娘さんか訊いたら、おようって名前の二十歳ぐらいの娘だと……」

老亭主は告げた。

「おようって名の二十歳ぐらいの娘……」

半次は知った。

「ええ。で、そのおようって娘が直《す》ぐに現れましてね。ありゃあ、近くで梅花堂の旦那が来るのを待っていたって感じですね」

老亭主は苦笑した。

「そして、二人で出て行ったか……」

半次は読んだ。

「ええ……」

老亭主は頷いた。

「おようって名の二十歳ぐらいのお店の娘か……」

「ええ。時々見掛ける顔でしてね。確か上野新黒門町《うえのしんくろもんちよう》あたりに住んでいるって聞いた覚えがありますよ」

老亭主は笑った。

「助かったよ。父っつあん……」

半次は、茶店の老亭主に礼を云って茶店を出た。

「親分……」

音次郎が駆け寄って来た。

「おう、音次郎。上野新黒門町だ……」

半次は、駆け寄って来る音次郎に告げた。

花川戸町の料理屋『若舟』には、年増の女客が訪れていた。

半兵衛は、物陰から木戸門を見張っていた。

五郎八が黒板塀脇の路地から現れ、半兵衛の許《もと》に駆け寄って来た。

「どんな様子だ……」

「お店の後家《ごけ》さんが若い男たちに囲まれて、亡くなった旦那の遺《のこ》してくれた金でお大尽《だいじん》遊びですよ」

五郎八は眉をひそめた。

「そいつは楽しいだろうな……」

半兵衛は苦笑した。

「旦那……」

五郎八は、料理屋『若舟』から出て来た若い男を示した。

「さあて、誰かな……」

半兵衛は、若い男を眺めた。

若い男は、粋な半纏を翻《ひるがえ》して浅草広小路に向かった。

「若衆の役者の菊弥《きくや》ですぜ」

五郎八は告げた。

「よし、追うよ……」

「合点《がってん》だ」

半兵衛は、五郎八を伴って役者の菊弥を追った。

下谷広小路は、東叡山寛永寺《とうえいざんかんえいじ》や不忍池弁財天の参拝客で賑わっていた。

上野新黒門町は、下谷広小路の南側にあった。

半次と音次郎は、上野新黒門町の自身番を訪れた。

「おようって二十歳ぐらいの娘がいるお店ですか……」

自身番の店番は、怪訝《けげん》な面持ちで町内の名簿を捲《めく》って調べた。

半次と音次郎は、店番の返事を待った。

「ああ。裏通りにある京屋《きようや》って筆屋《ふでや》に娘さんがいますね」

「名前と年の頃は……」

「ええと、名前はよう、二十二歳になる娘さんですね」

店番は、町内の名簿を見ながら告げた。

「親分……」

音次郎は、顔を輝かせた。

「ああ。およう、二十二歳の娘だ……」

半次は頷いた。

料理屋『若舟』の若衆の菊弥は、軽い足取りで浅草広小路の雑踏《ざっとう》を抜け、東《ひがし》本願寺《ほんがんじ》前を新寺町《しんてらまち》に向かった。

「行き先は下谷広小路ですかね……」

五郎八は読んだ。

「うん……」

半兵衛は頷いた。

菊弥は、擦《す》れ違《ちが》う若い女に笑い掛け、振り返りながら通りを進んだ。

「菊弥の野郎、擦れ違う女と云う女に色目を使いやがって……」

五郎八は、腹立たし気に吐《は》き棄《す》てた。

「まあ、怒るな、五郎八。お陰で尾行《つけ》られている事に気が付かないのだから……」

半兵衛は苦笑した。

「成《な》る程《ほど》、そう思えば良いんですかい。年甲斐《としがい》のない事を……」

五郎八は笑った。

菊弥は、新寺町の通りから山下《やました》に抜けて東叡山寛永寺前を横切った。

不忍池は夕陽に輝いた。

菊弥は、不忍池の畔を進んで小さな茶店に入った。

半兵衛と五郎八は見届けた。

菊弥は、縁台に腰掛けて茶を注文し、辺りを眺めた。

「誰かと待ち合わせですかね……」

五郎八は読んだ。

「うん。どうやら、その辺だろうな……」

半兵衛は頷いた。

菊弥は、茶店の縁台に腰掛けて運ばれて来た茶を啜った。

待ち合わせの者は現れない……。

半兵衛と五郎八は、見張り続けた。

不忍池の畔の木々は、夕暮れの微風《そよかぜ》に梢《こずえ》を鳴らした。

筆屋『京屋』は、主《あるじ》で筆職人の松蔵《まつぞう》が様々な筆を作り、娘のおようが店の切《き》り盛《も》りをしていた。

松蔵の女房、おようの母親は既に亡くなり、松蔵とおよう父娘は二人で暮らして来た。

松蔵の作る筆は評判が良く、馴染客《なじみきやく》も多くて店は繁盛《はんじよう》していた。

およう は、老婆《ろうば》の奉公人を雇《やと》って店番をさせていた。

半次は、筆屋『京屋』の店内を窺った。

筆屋『京屋』は、店の奥に松蔵が筆を作る仕事場があり、様々な筆の並ぶ店には老婆が店番をしていた。

娘のおようらしき女はいない……。

半次は眉をひそめた。

音次郎が、半次のいる物陰にやって来た。

「親分。おようは留守ですね……」

音次郎は告げた。

「留守か……」

「ええ。さっき出掛けて行くのを、煙草屋《たばこや》の父っつあんが見ていました」

音次郎は告げた。

「そうか。で、およう、どんな娘なのか分かったか……」

「ええ。早くにおっ母さんを亡くし、頑固《がんこ》で職人気質《かたぎ》のお父っつあんの松蔵さんと二人暮らし。何かと大変でいろいろ苦労しながら店を切り盛りして来た真面目《まじめ》なしっかり者だそうですぜ」

音次郎は眉をひそめた。

「そうか……」

半次は、おようの人となりを知った。

「苦労して来た真面目なしっかり者。そんなおようが梅花堂の喜兵衛と遊びますかね」

音次郎は首を捻《ひね》った。

「うん。真面目なしっかり者だから、魔が差すって事もあるだろうし、何もかも嫌になるって事もあるからな……」

半次は、おようの胸の内を読んだ。

「そうですねえ。で、どうします……」

「うむ。見張って帰りを待つしかないな……」

半次は決めた。

不忍池は夕暮れに覆われた。

料理屋『若舟』の若衆のお役者菊弥は、茶をお代わりして誰かを待ち続けていた。

半兵衛と五郎八は見張った。

「待ち人来たらずですか……」

五郎八は読んだ。

「どうやら、そんな処《ところ》だな」

半兵衛は笑った。

「誰なんですかね。待ち人は……」

「うん……」

半兵衛と五郎八は、菊弥を見張った。

菊弥は茶代を払い、苛立《いらだ》ちを滲《にじ》ませて茶店を出た。

半兵衛と五郎八は見守った。

菊弥は、苛立たし気に道端の石を不忍池に蹴り込んだ。

石は夕暮れの不忍池に落ち、波紋を大きく広げていった。

菊弥は、不忍池の畔から下谷広小路に向かった。

「よし、追うよ……」

「合点だ」

半兵衛と五郎八は、菊弥を追った。

日は暮れた。


上野新黒門町の店々は大戸を下ろし、店仕舞《みせじま》いをしていた。

裏通りの筆屋『京屋』も店仕舞いをし、通いの老婆も帰っていった。

半次と音次郎は見張った。

「帰って来ませんね。およう……」

音次郎は、人通りの減った暗い裏通りを眺めた。

「ひょっとしたら、足が付いたのに気が付き、家には戻らないのかもしれないな」

半次は読んだ。

「親分……」

音次郎が、暗い裏通りをやって来る男を示した。

男は若く、粋な半纏を着ていた。

若い男は、足早にやって来て筆屋『京屋』の前で立ち止まった。

大戸を閉めた『京屋』は、静寂に包まれていた。

若い男は、吐息を洩らした。

「何者ですかね……」

「うん。音次郎……」

音次郎は眉をひそめた。

半次は、若い男を尾行して来た二人の男に気が付き、緊張を滲ませた。

三

粋な半纏を着た菊弥は、大戸を閉めた店を窺った。

「何屋ですかね……」

五郎八は、菊弥が窺う店を気にした。

「うむ。して、何しに来たのか……」

半兵衛は、微かな戸惑いを滲ませた。

　拍子木《ひょうしぎ》の甲高《かんだか》い音が、不意に夜空に響き渡った。

　菊弥は驚き、慌てて店の前から立ち去ろうとした。

「待ちな……」

　半兵衛は、菊弥の身柄を押さえる事に決めて怒鳴った。

　菊弥は、慌てて逃げようとした。

　刹那《せつな》、物陰から半次と音次郎が現れ、菊弥を捕まえた。

「な、何しやがる……」

　菊弥は狼狽えた。

「煩《うる》せえ。神妙《しんみょう》にしろ」

　音次郎は、菊弥を十手《じって》で押さえ付けた。

　半兵衛と五郎八は駆け寄った。

「旦那、隙間風の父っつあん……」

　半次が迎えた。

「おう。半次、音次郎……」

　半兵衛は笑い掛けた。

「お前も運の悪い野郎だな……」

五郎八は苦笑した。

「誰ですか……」

半次は、菊弥を示した。

「花川戸のお役者茶屋の菊弥って奴だが、此の店は……」

半兵衛は、大戸を閉めている目の前の店を示した。

「京屋って筆屋でしてね。およう って娘が殺された梅花堂喜兵衛と拘わりがあったようでしてね……」

「娘のおよう……」

半兵衛は眉をひそめた。

自身番の三畳の板の間は狭く、半兵衛と半次、音次郎、菊弥が膝を突き合わせた。

「さあて、菊弥。お前、筆屋の京屋に何の用があったのかな……」

半兵衛は尋ねた。

「貸した金の取立《とりた》てです」

菊弥は、緊張に声を震わせた。

「借金の取立てだと……」

「はい……」

「誰が借りた金だ」

「京屋の娘のおようさんの借金です」

「娘のおよう……」

「はい。おようさんが料理屋若舟で遊んで作った借金の二十両です」

菊弥は告げた。

「およう、お役者茶屋の若舟に二十両の借金があるのか……」

半兵衛、半次、音次郎は、戸惑いを覚えた。

「はい。それで暮六つ（午後六時）に不忍池の畔の茶店で半金の十両、払ってもらう約束でしたが……」

菊弥は首を捻った。

「おようは現れず、それで京屋にやって来たのか……」

「はい。金を取り立てなければ、女将のおきちさんに厳しく叱《しか》られるので……」

菊弥は、恐ろしそうに身を縮《ちぢ》めた。

「女将のおきち、そんなに恐ろしいのかい……」

半次は尋ねた。

「はい。皆の前で罵詈雑言《ばりぞうごん》を浴びせられ、客の借金を全額背負わされる……」

「もし、逃げ出しらどうなるんだ……」

「家族は勿論《もちろん》、親類に迄、追手を掛けて何処迄も追って来るとか……」

菊弥は、恐怖に身を震わせた。

「菊弥。女将のおきち、旦那はいるのかな……」

半兵衛が訊いた。

「います。ですが、何処の誰かは……」

菊弥は、首を捻った。

「分からないか……」

半兵衛は念を押した。

「はい……」

菊弥は項垂れた。

「良く分かった。菊弥、取り敢えず放免するが、己の身が可愛かったら、此の事は他言無用だよ」

半兵衛は、菊弥に云い聞かせた。

「は、はい。それはもう……」

菊弥は、強張《こわば》った面持ちで頷いた。


半兵衛は、菊弥を放免し、半次や音次郎と八丁堀《はっちょうぼり》の組屋敷に帰った。

木戸門を潜《くぐ》り、組屋敷の勝手口に近付いた時、美味《うま》そうな匂いが漂《ただよ》って来た。

「あれ、美味そうな匂いですね……」

音次郎は、鼻を利かせた。

「うむ……」

半兵衛、半次、音次郎は、井戸端で手足を洗って台所に入った。


「おう。お帰りなさい……」

五郎八が片襷《かただすき》に前掛《まえかけ》をし、台所で料理を作っていた。

「五郎八の父っつあん。美味そうな匂いだね」

音次郎は、嬉し気に舌嘗《したな》めずりをした。

「音次郎、美味そうじゃあねえ。美味いんだよ……」

五郎八は、半兵衛たちが菊弥の取り調べをしている間に八丁堀の組屋敷に戻り、夕食を作っていた。

「そいつは御無礼を……」

「ああ。さ、仕度《したく》を手伝いな……」

五郎八は、音次郎に手伝わせて夕食の仕度を急いだ。


囲炉裏の火は燃えた。

半兵衛、半次、音次郎、五郎八は、囲炉裏を囲んで夕飯後の茶を啜っていた。

「そうですか。菊弥の野郎、筆屋の娘に借金の取立てに来たんですか……」

五郎八は苦笑した。

「ああ。で、不忍池の茶店で待ち合わせをしたが来ないので、新黒門町の筆屋に様子を見に行ったそうだ……」

半兵衛は教えた。

「その、筆屋の娘の作った借金ってのは……」

五郎八は眉をひそめた。

「おそらく花川戸のお役者茶屋の若舟で遊んで作った借金だろう」

半兵衛は読んだ。

「遊び人だったんですかね、筆屋の娘のおよう……」

五郎八は首を捻った。

「そいつが、娘のおよう、筆職人の父親を助けて店を切り盛りしている真面目なしっかり者って専らの評判ですよ」

半次は告げ、音次郎が頷いた。

「ほう。真面目なしっかり者か……」

半兵衛は眉をひそめた。

「ええ。お役者茶屋に遊びに行ったのは、毎日働き詰めで魔が差したのかもしれません」

半次は、おように対して微かな哀れみを滲ませた。

「うむ……」

半兵衛は頷いた。

「じゃあ、およう、お役者茶屋で作った借金を返す金欲しさに梅花堂の旦那に身体を売ったが、何かで揉《も》めて殺しちまったんですかね……」

音次郎は読んだ。

「そうだとしたら、何だか哀れだな……」

五郎八は、老顔を歪《ゆが》めた。

「うむ……」

半兵衛は茶を啜った。

囲炉裏の火が爆《は》ぜ、火の粉が飛び散った。


筆屋『京屋』の娘およう……。

お役者茶屋『若舟』の女将のおきち……。

半兵衛は、おようとおきちの二人に的《まと》を絞《しぼ》った。

そして、半次と音次郎には引き続きおようの行方を追わせ、半兵衛はお役者茶屋『若舟』と女将のおきちを調べる事にした。


上野新黒門町の筆屋『京屋』は、店で老婆が店番をし、奥で父親の松蔵が筆作りに励《はげ》んでいた。

音次郎は、物陰で見張っている半次の許にやって来た。

「どうだ……」

「およう、帰って来ちゃあいませんね」

音次郎は告げた。

「帰っちゃあ、いないか……」

半次は眉をひそめた。

おようは、小間物屋『梅花堂』喜兵衛と何かで揉めて岩に突き飛ばして殺し、逃げ廻っている……。

半次は読んだ。

それともまさか……。

喜兵衛を殺したのを悔《く》やみ、既に自死をしているのかもしれない。

半次は、焦《あせ》りを覚えた。

「よし。音次郎、此処を頼む……」

「は、はい……」

音次郎は、戸惑いながら頷いた。

半次は、筆屋『京屋』から離れた。

隅田川には様々な船が行き交っていた。

浅草花川戸町のお役者茶屋『若舟』は、吹き抜ける川風に暖簾を揺らしていた。

半兵衛は物陰に潜み、女将のおきちがお役者茶屋『若舟』から現れるのを待っていた。

隙間風の五郎八が、お役者茶屋『若舟』の黒板塀の路地から現れ、半兵衛の許に駆け寄って来た。

「どうした……」

「女将のおきちが出掛けますよ」

五郎八は、お役者茶屋『若舟』の庭に忍び込んで見張っていた。

「そうか……」

半兵衛は、お役者茶屋『若舟』の木戸門を見詰めた。

お役者茶屋『若舟』の黒板塀の木戸門が開き、粋な半纏を着た若い衆が顔を出して辺りを見廻した。

半兵衛と五郎八は見守った。

若い衆は、辺りに不審はないと見定め、木戸門を出た。

粋な形《なり》の年増が、風呂敷《ふろしき》包《づつ》みを抱えて現れた。

「おきちです……」

五郎八は囁いた。

「うん……」

半兵衛は見定めた。

おきちは、若い衆に見送られて浅草広小路に向かった。

「旦那、あっしが先に行きますぜ」

五郎八は笑った。

「頼む……」

半兵衛は頷いた。

五郎八は、おきちを追った。

半兵衛は、五郎八に続いた。


半次は、北町奉行所に行き、顔見知りの当番同心に江戸の町の何処かで身許不明の女の仏が見付かっていないか尋ねた。

「身許不明の若い女の仏ねえ……」

当番同心は眉をひそめた。

「ええ。年の頃は二十歳過ぎの女の仏なんですが、何処かの自身番から届けは出てませんでしょうか……」

半次は訊いた。

「そうだねえ……」

当番同心は、各自身番からの報告書の綴《つづ》りを見た。

「此の二、三日の間ですが……」

「出ていないな。若い女の仏が見付かったって届けは……」

「殺しでも、自害でもですか……」

半次は念を押した。

「ああ……」

当番同心は頷いた。

「そうですか……」

おようらしい若い女の仏は見付かっていない……。

半次は、微かな安堵《あんど》を覚えた。

だが、死んでいても未だ見付かっていないだけかもしれない……。

半次の微かな安堵は、湧き上がる不安に直ぐに覆われた。

「本湊《ほんみなと》の。仏じゃあないが、身許不明の若い女はいるぞ」

当番同心は、報告書の綴りを見ながら告げた。

「身許不明の若い女……」

半次は緊張した。


女将のおきちは、浅草広小路の雑踏を抜けて東本願寺の脇に出た。

五郎八が尾行し、半兵衛が続いた。

おきちは、東本願寺の裏手に進んで新堀川《しんぼりがわ》に架《か》かっている小橋を渡り、寺町に進んだ。


寺の連なりには僧侶《そうりょ》の読む経《きょう》が洩れ、線香の香りが微風に乗って薄く漂っていた。

おきちは、軽い足取りで進み、古い寺の山門を潜った。

五郎八は、古い寺の山門に駆け寄り、境内を窺った。

おきちは、境内を足早に横切り、庫裏《くり》の腰高障子《こしだかしょうじ》を叩いた。

庫裏の腰高障子が開いた。

おきちは、庫裏に素早く入り込んだ。

五郎八は、山門の陰から見届けた。

「此の寺に入ったか……」

半兵衛が駆け寄って来た。

「ええ。庫裏に入りましたよ」

五郎八は告げた。

「そうか……」

半兵衛は、山門の扁額《へんがく》を見上げた。

扁額には『蒼泉寺《そうせんじ》』と書かれていた。

「蒼泉寺か……」

半兵衛は、蒼泉寺の境内を覗《のぞ》いた。

境内は掃除が行き届き、庭木も手入れされ、本堂、方丈《ほうじょう》、庫裏には荒れている様子は窺えなかった。

「おきち、蒼泉寺の檀家《だんか》なのかな……」

「ちょいと見て来ますか……」

五郎八は、楽しそうな笑みを浮かべた。

「じゃあ、その間に蒼泉寺の住職がどんな坊さんか聞き込んでみるよ」

半兵衛は苦笑した。

五郎八は、境内を素早く横切って本堂の縁《えん》の下《した》に潜り込んだ。

半兵衛は見届け、辺りを見廻した。

斜向かいの寺の老寺男が、山門の前の掃除を始めた。

半兵衛は駆け寄った。

「やあ……」

「此はお役人さま……」

老寺男は、巻羽織《まきばおり》の半兵衛に戸惑いの眼を向けた。

「ちょいと訊きたいのだが……」

半兵衛は、親し気に笑い掛けた。

「は、はい。何か……」

老寺男は、緊張を過《よ》ぎらせた。

「蒼泉寺の御住職は、どんな方かな……」

半兵衛は、斜向かいの蒼泉寺を示した。

「えっ。蒼泉寺の御住職さまですか……」

「うむ……」

「蒼泉寺の御住職さまは、弘庵《こうあん》さまと仰るお方でして、檀家の評判の良い方です」

老寺男は笑った。

「弘庵さまか……」

おきちは、蒼泉寺住職の弘庵に何の用があるのか……。

「はい。年の頃は五十歳前後で立派なお経をあげるお坊さまで、元はお武家だったって噂ですよ」

老寺男は告げた。

「元はお武家……」

半兵衛は眉をひそめた。

「はい。噂でして、本当かどうかは分かりませんが……」

「うむ……」

半兵衛は頷き、蒼泉寺を眺めた。

蒼泉寺の本堂の縁の下は、方丈、庫裏に続いていた。
五郎八は、頭上に人の気配を探しながら縁の下を進んだ。
方丈の縁の下に進んだ時、頭上に人の気配がした。
誰かいる……。
五郎八は、濡《ぬ》れ縁《えん》の下に進み、板の端を握って上半身を持ち上げ、奥の座敷を窺った。
濡れ縁と奥の座敷の間には、障子が閉められていた。
誰がいるのか見定める……。
五郎八は、素早く縁の下を出ようとした。
刹那、障子の向こうの畳《たたみ》が鳴った。
拙《まず》い……。
五郎八の勘が危険を察知し、縁の下に戻って潜んだ。
畳を踏みしめる軋《きし》みが鳴り、障子を開ける音がした。
五郎八は、息を詰めて潜んだ。
濡れ縁とは反対側の戸口に足音がした。
障子を開けた足音より軽い。

女、おきちか……。
五郎八は睨んだ。
女の足音が座敷から出て行く女の足音を聞いた。
五郎八は、立ち去って行く女の足音を聞いた。
障子を開けた足音の主は動かなかった。
下手に動けば気が付かれる……。
勘が囁いた。
五郎八は、全身に汗が薄く滲むのを感じた。

半兵衛は、斜向かいの寺の山門の内から蒼泉寺を見張った。
中年の寺男が、蒼泉寺の山門から現れて辺りを見廻した。
半兵衛は見守った。
おきちが蒼泉寺から現れ、中年の寺男と短く言葉を交わして、来た道を戻って行った。
中年の寺男は、鋭い眼差しでおきちを見送った。
おきちを追う者を警戒している……。

半兵衛は動かなかった。

中年の寺男は、おきちを見送って蒼泉寺境内に戻って行った。

「蒼泉寺の寺男かな……」

半兵衛は、斜向かいの寺の老寺男に尋ねた。

「はい。彦六《ひころく》ですよ」

斜向かいの寺の老寺男は頷いた。

「寺男の彦六か……」

蒼泉寺住職の弘庵と寺男の彦六……。

お役者茶屋の女将のおきちとは、どのような拘わりがあるのか……。

半兵衛は、想いを巡《めぐ》らせた。

それにしても、隙間風の五郎八はどうした。

おきちが帰った後、直ぐに追って出て来ても良い筈だ。

半兵衛は、微かな戸惑いを浮かべた。

僅《わず》かな刻が過ぎた。

五郎八が、蒼泉寺の土塀の横手から現れた。

「隙間風の……」

半兵衛は呼んだ。

五郎八は気が付き、半兵衛に駆け寄った。

「旦那、おきちは……」

「もう帰った……」

「そうですか……」

「どうした……」

「旦那、蒼泉寺には油断のならねえ奴がいますぜ」

五郎八は、緊張を滲ませた。

「油断のならない奴……」

半兵衛は眉をひそめた。

四

大川《おおかわ》の流れは煌めいた。

半次は、両国橋《りょうごくばし》を渡り、大川沿いの道を浅草吾妻橋《あづまばし》に向かった。

公儀御竹蔵《おたけぐら》と大名家江戸下屋敷の連なりを抜けると埋堀《うめぼり》があり、石原町《いしはらちょう》になる。

半次は、石原町の自身番を訪れた。

「ああ。身投げをした女ですか……」

自身番の店番は頷いた。

「ええ。ちょいと事情が知りたくて……」

半次は訊いた。

「御厩河岸《おんまやがし》の渡し舟の船頭が吾妻橋の方から流れて来た女を見付けて助け、埋堀に運んで来ましてね。医者に担ぎ込んで辛《かろ》うじて命は取り留めてね。どうも吾妻橋の辺りから大川に身投げをしたようでね……」

店番は、助けた経緯《いきさつ》を話した。

「そうですか。逢いたいのですが、今、何処にいますか……」

半次は尋ねた。

「そいつが、飛び込んだ時に身体を痛め、自分が何処の誰か分からなくなっていましてね。町医者の俊道《しゅんどう》先生の家で預かって貰っていますよ」

「何処ですか、町医者の俊道先生の家……」

半次は尋ねた。

町医者桂井《かつらい》俊道の家は、石原町の裏通りにあった。

半次は、桂井俊道に逢って身許不明の若い女に逢わせて欲しいと頼んだ。

「ああ。良いとも……」

俊道は、快《こころよ》く逢わせてくれた。

薬湯《やくとう》の匂いが満ちていた。

若い女は蒲団《ふとん》に横たわり、障子の外の狭い庭を見詰めていた。

「やあ。お邪魔するよ……」

半次は、狭い座敷に入った。

若い女は、慌てて身を起こそうとした。

「そのまま、そのまま……」

半次は制し、笑い掛けた。

「は、はい……」

若い女は、申し訳なさそうに頭を下げた。

「お前さん、自分が何処の誰か分からないんだって……」

半次は、若い女を見詰めた。

「はい……」

若い女は、半次に怪訝な眼を向けた。

「あっしは、本湊の半次って岡《おか》っ引《ぴき》でね……」

半次は、懐の十手を見せた。

若い女は、小さく息を飲んだ。

半次は、気が付いた。

「上野新黒門町の京屋って店のおようさんって娘を捜しているんだが……」

半次は告げた。

「およう……」

「ああ。お前さん、そのおようさんじゃあないかと思ってね」

半次は、若い女を見詰めた。

「わ、分かりません……」

「分からない……」

半次は首を傾《かし》げた。

「はい。筆屋の娘かどうかも……」

若い女は項垂れた。

「そうか……」

半次は頷いた。

「はい。私、自分が何処の誰か分からないのです……」

若い女は、俯《うつむ》いて懸命に何かに耐えているかのようだった。

「そいつは大変だね……」

半次は同情した。

「どうやら、あっしが捜している娘さんとは違うようだ。どうも、お邪魔しましたね」

半次は礼を述べた。

「いいえ……」

「自分が何処の誰なのか、早く分かれば良いね。じゃあ……」

半次は、狭い座敷を出た。

薬湯の匂いが揺れた。

半次は、振り返って町医者桂井俊道の家を眺めた。

筆屋『京屋』の娘のおようは、不忍池の畔で小間物屋『梅花堂』主の喜兵衛を殺《あや》めた罪に苦しみ、償《つぐな》う為に大川に身を投げたが、助けられていた……。

半次は、筆屋『京屋』の娘おように哀れみを覚えずにはいられなかった。

大川の流れに夕陽は映《は》えた。


「どうやら、お役者茶屋『若舟』の女将おきちの背後には、下谷の寺町にある蒼泉寺の住職弘庵が潜んでいるようだ……」

半兵衛は苦笑した。

「えっ、寺の坊主が……」

音次郎は驚いた。

「音次郎、坊主が善人とは限らねえ……」

隙間風の五郎八は笑った。

「盗人が悪人ばかりじゃあないのと一緒ですかい……」

音次郎は頷いた。

「ああ。ま、そんな処だ……」

五郎八は苦笑した。

「半兵衛の旦那。それじゃあ、お役者茶屋『若舟』の本当の主は、弘庵って坊主ですか……」

半次は眉をひそめた。

「うん。おそらくね……」

半兵衛は頷いた。

「で、どうします……」

半次は、半兵衛の出方を窺った。

「そうだねえ。坊主が茶屋を営むのが罪になる訳じゃあないし、もし、弘庵がおきちに金を貸してやり、おきちが勝手にやっていたとしたら、それ迄だ……」

半兵衛は笑った。

「ですが、旦那。お役者茶屋の『若舟』で遊んで借金を作ってしまい、追い詰められて家の金を持ち出したり、身体を売ったりする女を作った罪はないんですかね……」

半次は、怒りを過ぎらせた。

「半次……」

半兵衛は、微かな戸惑いを覚えた。

「借金を返す為に身体を売り、客と揉めて殺めてしまい、その罪を償う為に身投げした女。幾ら身から出た錆《さび》とはいえ、余りにも哀れじゃありませんか……」

半次は、酒を啜った。

「半次。筆屋京屋のおよう、いたのか……」

半兵衛は気が付いた。

「はい。見付けました」

半次は頷いた。

「親分……」

音次郎は驚いた。

「おようは、大川に身投げして助けられ、自分が何処の誰か分からないと云って町医者の処にいました」

半次は報せた。

「半次。自分が何処の誰か分からないと云っている女が、どうしておようだと分かったんだい……」

半兵衛は尋ねた。

「あっしが上野新黒門町の京屋と云っただけなのに、京屋が筆屋だと知っていました」

　半次は告げた。

「そうか、京屋が筆屋だと知っていたか……」

　半兵衛は頷いた。

「はい……」

　半次は頷いた。

「よし、半次。その大川に身投げして自分が何処の誰か分からなくなった女に逢わせて貰おう」

「旦那……」

「半次。京屋が筆屋だと知っていただけで身投げをした女がおようだと決まった訳じゃあないさ……」

　半兵衛は笑った。

「そりゃあそうですが……」

「よし。音次郎、蒼泉寺の住職の弘庵と寺男の彦六を見張れ」

　半兵衛は命じた。

「はい……」

「音次郎、俺も付き合うぜ」

五郎八は告げた。

「そいつはありがてえ……」

音次郎は頷いた。

「音次郎、五郎八。弘庵と彦六、元は武士だったかもしれない。充分に気を付けて、危ない真似はするんじゃあないよ」

半兵衛は、釘《くぎ》を刺した。


大川に架かっている両国橋は両国広小路と本所《ほんじょ》を結び、多くの人々が行き交っていた。

半兵衛は、半次と両国橋を渡って大川沿いの道を吾妻橋に向かった。そして、埋堀に架かっている小橋に差し掛かった。

「あっ……」

半次は、小さな声を上げた。

「どうした……」

「あの小橋にいる女、おようです」

半次は、緊張を漲《みなぎ》らせた。

「何……」

半兵衛は、小橋に佇《たたず》むおようを見詰めた。

おようは、川風に吹かれて大川の流れを見詰めていた。

「半次、又《また》身投げする気だ。何気なく近付いて押さえろ」

半兵衛は命じた。

「はい……」

半次は、連なる大名家江戸下屋敷沿いを足早に進んだ。

半兵衛は、おようを見据えてゆっくりと進んだ。

おようは、巻羽織の半兵衛に気が付き、小橋の欄干《らんかん》を乗り越えようとした。

「止めろ……」

半次が叫び、おように駆け寄って取り押さえた。

「放して下さい。死なせて下さい……」

おようは、泣きながら抗《あらが》った。

「およう、折角《せっかく》助けて貰った命だ。死んじゃあならない」

半次は、抗うおようを必死に押さえた。

「およう。身投げは小間物屋梅花堂喜兵衛を殺した罪を償う為か……」

半兵衛は尋ねた。

「そうです。私が喜兵衛さんを突き飛ばしたから、喜兵衛さんが倒れ、岩に頭を打って……」

およう は、すすり泣いた。

「ならば何故、喜兵衛を突き飛ばしたのだ」

「喜兵衛さん、私が新黒門町の筆屋京屋の娘だと気が付き、お父っつぁんや世間に言い触らされたくなければ、此からも黙って云う事をきけと……」

およう は、途切れ途切れに告げた。

「それで揉めて、喜兵衛を突き飛ばしたか……」

半兵衛は読んだ。

「はい。私が悪いんです。気晴らしに若舟なんかで遊んで借金を作ってしまった私が悪いんです。私が喜兵衛さんを殺めました」

およう は、身投げを諦《あきら》めて潔《いさぎよ》く認めた。

「旦那……」

半次は、半兵衛に縋《すが》る眼を向けた。

「半次、おようを大番屋《おおばんや》に引き立てな。決して悪いようにはしない……」

半兵衛は笑った。


神田明神は参拝客で賑わっていた。

小間物屋『梅花堂』は、門前に連なる店の中にあった。

半兵衛は、小間物屋『梅花堂』を訪れた。

小間物屋『梅花堂』のお内儀と番頭の茂助は、半兵衛を座敷に通した。

「やあ。今日、訪れたのは他でもない。旦那の喜兵衛の死んだ経緯が分かってね……」

半兵衛は告げた。

「では、旦那さまを殺めた者は……」

番頭の茂助は、身を乗り出した。

「うむ。お縄にした……」

半兵衛は頷いた。

「白縫さま、旦那さまを殺めたのは女ですか……」

茂助は、半兵衛に尋ねた。

「左様《さよう》。喜兵衛は借金を抱えて身を売った若い女を買って遊んだ。そして、若い女の素性《すじよう》に気が付いて脅《おど》し、争いになって突き飛ばされ、倒れて岩に頭を打って死んだ……」

半兵衛は説明した。

「そうですか……」

茂助は頷き、お内儀は厳しい面持ちで半兵衛の説明を聞いた。

「そして、若い女は喜兵衛を死なせた罪を悔やみ、罪滅ぼしに大川に身投げをしてね」

「身投げ……」

茂助は驚いた。

「うむ。どうにか助けられたがね」

「そうでしたか……」

「そこでだ。此から仔細《しさい》を吟味してお裁きを下すのだが、若い女の罪を問うには、喜兵衛の素行《そこう》や所業《しよぎよう》も露見し、世間に知れる。覚悟をしておくのだな」

半兵衛は、厳しい面持ちで告げた。

「白縫さま、主人の喜兵衛、足を滑《すべ》らせて倒れ、岩に頭を打って死んだ事にはならないでしょうか……」

お内儀は、半兵衛に冷たい眼を向けた。

「お、お内儀さま……」

茂助は狼狽えた。

「ほう。喜兵衛は殺されたのではなく、自らの足を滑らせたか……」

半兵衛は眉をひそめた。

「はい。喜兵衛の所業が世間に知れると、女客は途絶え、梅花堂はやっていけなくなります」

お内儀は告げた。

「お内儀……」

「喜兵衛が恥を掻《か》くのは構いませんが、梅花堂が恥を掻く訳にはいかないのです」

お内儀は、冷ややかに云い放った。

「ならば、喜兵衛の死、事件にはしたくないのだな……」

「はい……」

お内儀は、半兵衛を見詰めて頷いた。

「そうか。良く分かった……」

半兵衛は頷いた。

「何、小間物屋梅花堂喜兵衛、自ら足を滑らせて倒れ、岩に頭を打って死んだのか……」

大久保忠左衛門は、細い首の筋を引き攣らせた。

「はい。梅花堂のお内儀も喜兵衛の死を騒ぎ立てずに済ませたいと願っております」

半兵衛は報せた。

「そうか。ならば、喜兵衛が死んだ一件、自ら足を滑らせての横死《おうし》として始末しよう」

忠左衛門は、筋張った細い首で頷いた。

「はい。それにしても腹立たしいのは、客の女に借金を作らせるお役者茶屋の遣《や》り口《くち》です」

半兵衛は、忠左衛門を秘かに煽《あお》った。

「左様。半兵衛、その『若舟』と申すお役者茶屋、女将のおきちの背後には、新寺町の蒼泉寺なる寺の住職弘庵がいるのだな……」

忠左衛門は、嗄《しゃが》れ声を震わせた。

「おそらく。ですが、相手は寺社方支配の寺の坊主……」

「おのれ、坊主の癖《くせ》に女を惑わせ、借金を作らせて人の道を踏みにじるような真似をさせおって。寺社方に談判して僧籍を外させ、偽坊主としてお縄にしてくれる」

忠左衛門は、細い筋張った首の喉仏《のどぼとけ》を上下させて熱《いき》り立《た》った。

「成る程。流石《さすが》は大久保さま……」

「半兵衛。女を食い物にしているお役者茶屋の宿検《やどあらた》めをし、御法度《ごはっと》破りは容赦《ようしゃ》なく叩き潰し、闕所《けっしょ》にしろ」

忠左衛門は、筋張った細い首を伸ばして命じた。

「心得ました……」

半兵衛は頷いた。

北町奉行所は、江戸市中のお役者茶屋に宿検めを行った。そして、安い酒や肴《さかな》を高価な品と偽り、女客に多額の借金を背負わせる騙《かた》りとして摘発《てきはつ》した。

半兵衛たち北町奉行所の同心たちは、御法度破りとしてお役者茶屋を容赦なく叩き潰し、働いていた役者や二枚目を牢屋敷に送った。北町奉行所の調べは、お役者茶屋を営む金主《きんしゅ》にも及び、厳しい摘発は続いた。

お役者茶屋『若舟』は、半兵衛によって逸早《いちはや》く検められ、女将のおきちと若い衆は騙りの罪で牢屋敷に送られ、店は闕所となった。


寺の連なる新寺町は陽差しに照らされ、行き交う者も少なかった。

蒼泉寺の山門が開き、恰幅《かっぷく》の良い雲水《うんすい》と笈《おい》を背負った旅姿の小者が出て来た。

雲水と小者は、通りを入谷《いりや》に向かった。

「何処に行くのかな……」

半兵衛が行く手に現れた。

雲水と小者は、立ち止まって振り返った。

半次と音次郎が背後にいた。

「蒼泉寺の住職弘庵と寺男の彦六だね……」

雲水と小者は怯《ひる》んだ。

「入谷から千住《せんじゅ》に抜けて江戸から逃げる気なら、その前に花川戸のお役者茶屋

『若舟』を妾《めかけ》のおきちに営ませているのかどうか、教えて貰おうかな……」

半兵衛は、雲水の弘庵に笑い掛けた。

刹那、弘庵は踏み込みながら錫杖《しゃくじょう》に仕込んだ刀を抜き放った。

半兵衛は、大きく踏み込んで弘庵の斬り込みを躱《かわ》し、振り返り態《ざま》に抜き打ちの一刀を閃《ひらめ》かせた
弘庵は、仕込み刀を握って凍《い》て付《つ》いた。

半兵衛は、残心《ざんしん》の構えを取った。

笈を背負った小者の彦六は、後退《あとずさ》りをした。

弘庵は倒れ、饅頭笠《まんじゅうがさ》を大きく歪めて坊主頭の中年男の顔を見せた。

蒼泉寺住職の弘庵は、半兵衛の抜き打ちの一刀を浴びて斃《たお》れた。

彦六が逃げた。

半次は鉤縄《かぎなわ》を放った。

鉤縄は、彦六の脚に絡み付いた。

彦六は前のめりに倒れ、背負っていた笈から小判を飛び散らせた。

小判は、甲高い音を鳴らして煌めいた。

蒼泉寺住職の弘庵は、元は佐々木竜之助《ささきりゅうのすけ》と云う武士だった事以外、詳しい素性は分からなかった。だが、厳しい詮議《せんぎ》を恐れて半兵衛に斬り掛かったとしたなら、叩けば埃《ほこり》の出る身だったのだろう。

半兵衛は、小間物屋『梅花堂』喜兵衛の死を事故とし、筆屋『京屋』のおようを放免した。

「旦那、ありがとうございます……」

半次は、半兵衛に頭を下げた。

世の中には、町奉行所の者が知らぬ顔をした方が良い事もある……。

「半次、知らん顔の半兵衛だ……」

半兵衛は笑った。

大金を使って遊ぶ女は感心しない。しかし、騙《だま》すような真似をして借金を背負わせ、暴利を貪《むさぼ》るお役者茶屋は許せるものではない。

半兵衛は、己を押し殺して生きて来た女が優しくされて身を持ち崩し、食い物にされたのを哀れまずにはいられなかった。

第二話　痴れ者

一

湯島天神境内《けいだい》は参拝客で賑《にぎ》わっていた。

北町奉行所臨時廻り同心の白縫半兵衛は、岡っ引の本湊の半次や下っ引の音次郎と市中見廻りの途中、湯島天神境内の茶店で茶を飲んでいた。

「信心《しんじん》深い人が多いんですねえ……」

音次郎は、境内を行き交う参拝客を眺《なが》めて感心した。

「さあて、そいつはどうかな……」

半兵衛は、苦笑して茶を啜《すす》った。

「ま、半分ぐらいは、遊びですか……」

半次は苦笑した。

「まあな。それより、あの石燈籠《いしどうろう》の傍《そば》にいる年増《としま》を見てみろ」

半兵衛は、石燈籠の傍にいる武家の年増を示した。

質素《しっそ》な形《なり》をした武家の年増は、石燈籠の傍から拝殿《はいでん》の方を窺《うかが》っていた。

半次は、年増の視線の先を追った。

視線の先には、お店《たな》の旦那風の中年男がいた。

「あの、お店の旦那風の中年男を見張っているようですね」

半次は眉《まゆ》をひそめた。

「うん。そんな風だね……」

半兵衛は頷《うなず》いた。

旦那風の中年男は、拝殿の傍から東の鳥居《とりい》に向かった。

年増は、旦那風の中年男を追った。

「どうします……」

半次は、半兵衛に出方を窺った。

「何でしたら、あっしが追ってみますか……」

音次郎は告げた。

「そうだな。音次郎、そうしてくれ。私たちはいつも通りの道筋だ……」

半兵衛は命じた。

「合点《がってん》です……」
音次郎は、武家の年増を追った。
「さあて、不忍池からいつも通りの道筋を見廻るか……」
半兵衛は、茶の残りを飲み干し、縁台《えんだい》から立ち上がった。
湯島天神の東の鳥居を出ると、急な男坂《おとこざか》と緩《ゆる》やかな女坂《おんなざか》がある。
商家の旦那風の中年男は、東の鳥居を潜《くぐ》って男坂を下りた。
質素な形の武家の年増は、充分な距離を取って慎重に旦那風の中年男を尾行《つけ》た。
音次郎は、武家の年増を追った。
武家の年増は、自分が追われているとは露《つゆ》程も疑わず、旦那風の中年男を尾行ていた。
不忍池の畔《ほとり》には木洩《こも》れ日《び》が揺れていた。
旦那風の中年男は、不忍池の畔を進んで茅町に進んだ。
武家の年増が尾行て、音次郎が追った。

旦那風の中年男は、茅町一丁目にある板塀を廻した家の木戸門に入って行った。

武家の年増は、木陰から見届けた。

さあて、どうする……。

音次郎は、旦那風の中年男の行き先を見届け、武家の年増の出方を見守った。

武家の年増は、木陰を離れて不忍池の畔を進んだ。

よし……。

音次郎は、武家の年増を尾行た。

武家の年増は、茅町一丁目と二丁目の間を越後《えちご》国高田《たかだ》藩江戸中屋敷の横手を進み、加賀《かが》国金沢《かなざわ》藩江戸上屋敷裏から切通《きりどお》しに出た。

音次郎は、慎重に尾行た。

武家の年増は、切通しから本郷通りに出た。そして、本郷通りを横切って北《きた》ノ天神真光寺《てんじんしんこうじ》に進んだ。

北ノ天神真光寺の境内は、参拝客の他に幼い子供たちが遊んでいた。

武家の年増は、楽し気に遊んでいる幼い子供たちに眼を細めながら境内を抜け、横手の路地から裏通りに進んだ。

音次郎は尾行た。

武家の年増は、裏通りを進んで古い長屋の木戸を潜った。

武家の年増が住んでいる長屋か……。

音次郎は、古い長屋の木戸に走った。

武家の年増は、古い長屋の奥の家に入った。

音次郎は見届けた。

武家の年増の家なのか……。

音次郎は、木戸の陰に潜んで見張った。

四半刻（三十分）が過ぎた。

年増が奥の家から現れ、井戸端で米を研《と》ぎ始めた。

住んでいる……。

音次郎は、年増が古い長屋の奥の家に住んでいると見定めた。

よし……。

音次郎は、古い長屋の木戸から離れた。

「ああ。あの長屋は天神長屋だよ……」

老木戸番の宇平《うへい》は、裏通りの古い長屋を知っていた。

「へえ。天神長屋ってんですか……」

音次郎は知った。

「ああ。で、奥の家に住んでいる年増かい……」

「ええ。何て人か知っていますか……」

「ああ。お多江《たえ》さんって人だよ」

老木戸番の宇平は知っていた。

「お多江さん……」

「うん。黒木《くろき》多江さん、お武家の後家《ごけ》さんだよ」

「お武家の後家さん……」

「ああ……」

「一人暮らしなんですかね」

「ああ。子供がいたんだが、赤ん坊の時に病で亡くしたそうだよ」

「そいつは気の毒に。で、仕事は何を……」

「ああ。大店《おおだな》の子供に手習《てなら》いや礼儀作法を教えて暮らしを立てているよ」

宇平は告げた。

「手習いや礼儀作法ですか……」

音次郎は知った。

武家の年増の名は黒木多江。武家の後家であり、本郷の天神長屋で一人暮らし……。

音次郎は、多江の素性《すじょう》を聞き込み、不忍池の畔、茅町一丁目にある板塀を廻した家に戻った。

板塀を廻した家は、静けさに覆《おお》われていた。

商家の旦那風の中年男は、未だ板塀を廻した家にいるのか、それとも既に帰ったのか……。

音次郎は、板塀を廻した家を窺った。

だが、家を出入りする者はいなく、人の声も聞こえなかった。

よし……。

音次郎は、茅町一丁目の自身番に走った。

「絵師……」

音次郎は、戸惑いを浮かべた。

「ああ……」

自身番の店番は頷いた。

「あの不忍池の畔の板塀を廻した家、絵師の家なんですかい」

音次郎は尋ねた。

「うん。歌川京仙《うたがわきょうせん》さんって絵師の家だよ」

「歌川京仙さんですか……」

音次郎は、歌川京仙と云う絵師を知らなかった。

「ああ……」

「歌川京仙さん、商家の旦那風の中年の人ですか……」

「いいえ。京仙さんは白髪交じりの総髪《そうはつ》の五十歳前後だよ」

店番は告げた。

「そうですか……」

絵師の歌川京仙の家を訪れた商家の旦那風の中年男が、何処《どこ》の誰かは分からなかった。

陽は西に大きく傾《かたむ》いた。


囲炉裏《いろり》の火は燃えた。

半兵衛と半次は、晩飯を食べながら音次郎の報告を聞いた。

武家の年増は黒木多江、後家で本郷の天神長屋で一人で暮らし、大店の子に手習いや礼儀作法を教えて暮らしを立てていた。そして、商家の旦那風の中年男は、茅町一丁目にある絵師の歌川京仙の家を訪れたが、名も素性も分からなかった。

音次郎は、晩飯を食べながら報《しら》せた。

「そうか。御苦労だったね」

半兵衛は、音次郎を労《ねぎら》った。

「いえ……」

音次郎は飯を食べた。

「それにしても旦那。黒木多江さん、お店の旦那風の中年男を尾行ていたのは、間違いないようですね」

半次は、半兵衛の猪口《ちょこ》に酒を注《つ》いだ。

「うん。で、旦那風の中年男は絵師の歌川京仙の家に行ったか……」

半兵衛は、猪口の酒を啜った。

「ええ。お武家の後家さん、絵師の歌川京仙と何か拘《かか》わりがあるんですかね」

「さあて、どうかねえ。処《ところ》で半次、絵師の歌川京仙、知っているか……」

「聞いた事があるような、ないような……」

半次は苦笑した。

「よし。歌川京仙、どんな絵師なのか、ちょいと調べてみるか……」

「はい……」

半次は頷いた。

半兵衛は、手酌《てじゃく》で酒を飲んだ。

囲炉裏の炎は揺れた。

不忍池には水鳥が遊んでいた。

半兵衛と半次は、音次郎に誘《いざな》われて絵師の歌川京仙の家に向かった。

「白縫さま……」

茅町一丁目に来た時、顔見知りの木戸番が血相《けつそう》を変えて駆け寄って来た。

「どうした……」

半兵衛は迎えた。

「は、はい。此の先にある絵師の家で……」

木戸番は、声を弾ませた。

「何……」

半兵衛は眉をひそめた。

板塀を廻した家は、木戸門を開けて町役人《ちようやくにん》たちが出入りしていた。

半兵衛は、半次と音次郎を従えて木戸番に誘われて来た。

「此は白縫さま……」

自身番の店番が迎えた。

「うん。仏さんは何処だ……」

半兵衛は尋ねた。

薄暗い寝間《ねま》には、寝間着を着た白髪交じりの総髪の男が、蒲団《ふとん》の傍で俯《うつぶ》せに倒れて死んでいた。

半兵衛、半次、音次郎は、白髪交じりの総髪の男の死体を検《あらた》めた。

白髪交じりの総髪の男は、腹を刺されて死んでいた。

「腹を刺されていますね」

半次は眉をひそめた。

「うん。血の固まり具合から見て、刺されたのは夜中だな……」

半兵衛は読んだ。

「はい……」

「仏さん、絵師の歌川京仙かな……」

半兵衛は訊いた。

「はい。此の家の主《あるじ》の歌川京仙さんです」

店番は頷いた。

「して、誰が見付けたのかな……」

「はい。掃除洗濯を頼まれている近所の婆さんが、今朝来て見付けました……」

店番は告げた。

「よし。その婆さんを呼んでくれ」

半兵衛は命じた。


「それで、返事がないので寝間の襖《ふすま》を開けてみたら……」

婆さんは喉《のど》を鳴らし、恐ろしそうに寝間を見た。

「歌川京仙が死んでいたか……」

「はい。それで、直《す》ぐに自身番に報せました。はい……」

婆さんは、自分の言葉に頷いた。

「その時、家の中には他に誰もいなかったんだな」

半兵衛は訊いた。

「はい……」

「表の戸はどうなっていたのかな」

「はい。私は勝手口から出入りしていますので、良く分かりません……」

「手前たちが報せを受けて駆け付けた時、表の格子戸《こうしど》には心張棒《しんばりぼう》が掛けられておりました」

店番は告げた。

「そうか……」

「はい……」

「処で婆さん。昨日、此処《ここ》にお店の旦那風の中年男が来たのだが、誰か知っているか……」

半兵衛は尋ねた。

「さあ。私は掃除洗濯の約束で、終わると直ぐに帰るので、昨日の事は……」

「分からないか……」

「はい……」

婆さんは頷いた。

「じゃあ、婆さんの知っている京仙の客にお店の旦那風の客はいなかったかな」

「そうですねえ。旦那風のお客と云えば、地本問屋《じほんどんや》の鶴亀《つるき》の旦那さまぐらいですか……」

「地本問屋の鶴亀の旦那……」

半兵衛は眉をひそめた。

「はい。彦兵衛《ひこべえ》の旦那さままでです」

婆さんの知っているお店の旦那は、地本問屋『鶴亀』の主《あるじ》彦兵衛ぐらいだった。

「旦那、親分……」

音次郎が、隣の座敷から呼んだ。

「どうした……」

半次と半兵衛が、音次郎のいる寝間の隣の座敷に入って来た。

隣の座敷は画室になっており、書き終えた絵や描き掛けの絵が多数あった。

「此奴《こいつ》を見て下さい」

音次郎は、裸の男と女が絡み合った数枚の春画《しゅんが》を見せた。

「春画か……」

「ええ……」

「春画や危絵《あぶなえ》は絵師の小遣い稼ぎ、あっても不思議はないさ」

半兵衛は苦笑した。

「ですが旦那、此奴はちょいと違いますよ」

半次は、春画の一枚を眺めた。

「違う……」

「ええ。春画に描かれた女の顔、妙に誰かに似せて描かれていますよ」

半次は眉をひそめた。

「誰かに似せた顔……」

半兵衛は、戸惑いを浮かべた。

「ええ。歌川京仙、女の顔を誰かに似せた春画を描いていたんですよ」

半次は読んだ。

「成る程《なるほど》。よし、半次。鶴亀の旦那の彦兵衛に当たってくれ。私と音次郎は此の家を調べ、夜中に出入りした者を捜してみる」

半兵衛は、手筈《てはず》を決めた。

「はい。それにしても旦那、絵師の歌川京仙が殺されるとは、妙な事になりましたね」

半次は首を捻《ひね》った。

「うむ……」

半兵衛は苦笑した。

「じゃあ……」

半次は、半兵衛に会釈《えしゃく》をして出て行った。

半兵衛は、厳しい面持《おももち》で絵師歌川京仙の死体を眺めた。

さあて、誰にどうして殺されたのか……。

半兵衛は、仏に話し掛けている己に気付いて苦笑した。


地本問屋『鶴亀』は、日本橋通《にほんばしとおり》油町《あぶらちよう》にあって読本《よみほん》や絵草紙《えぞうし》、錦絵《にしきえ》などの版元《はんもと》であり、繁盛《はんじよう》していた。

半次は、浜町堀《はまちようぼり》に架かっている緑橋《みどりばし》の袂《たもと》に佇《たたず》み、通油町の辻にある地本問屋『鶴亀』を眺めた。

地本問屋『鶴亀』は、読本や絵草紙を選ぶ人や役者絵や美人画を選ぶ若い男や女の客で賑わっていた。

半次は、地本問屋『鶴亀』主の彦兵衛について近所の者たちにそれとなく聞き込みを掛けた。

地本問屋『鶴亀』の彦兵衛は、話題になった事や事件を逸早《いちはや》く読本や絵草紙にし、小町娘《こまちむすめ》の美人画や役者絵を瓜二《うりふた》つの似顔絵で描き、若い男女の客の人気を集めていた。

彦兵衛は、誰に訊いても商売上手の遣り手《やりて》とされていた。

半次は、地本問屋『鶴亀』の主彦兵衛を訪れた。

番頭は、半次を店の座敷に通した。

「私が地本問屋鶴亀の主彦兵衛ですが……」

彦兵衛は、半次に挨拶《あいさつ》をした。

「手前は北町奉行所同心の白縫半兵衛さまに手札《てふだ》を頂いている本湊の半次と申します」

半次は、懐《ふところ》の十手《じって》を見せた。

「本湊の親分さん、私に何か……」

彦兵衛は、武家の後家の黒木多江が尾行《つけ》たお店の旦那風の中年男だった。

やはり、絵師の歌川京仙の家を訪れたお店の旦那風の男は、地本問屋『鶴亀』主の彦兵衛……。

半次は見定めた。

「はい。絵師の歌川京仙さんを御存知ですね」

「ええ、京仙さんなら、うちで小町娘の美人画を描いて頂いていますので、良く知っていますが……」

彦兵衛は、戸惑いを過《よ》ぎらせた。

「そうですか。で、昨日、歌川京仙の家に行きましたね」

「ええ……」

「何をしに……」

「連雀町《れんじやくちよう》小町の美人画を描いて貰おうと思いまして。注文に行きましたが、京仙さんがどうかしましたか……」

彦兵衛は眉をひそめた。

「ええ。歌川京仙、殺されましてね……」

半次は、彦兵衛の反応を見詰めた。

「殺された……」

彦兵衛は、素《す》っ頓狂《とんきよう》な声を上げた。

「ええ……」

「本当ですか、親分さん……」

彦兵衛は狼狽《うろた》え、半次に疑いの眼を向けた。

「ええ。昨夜遅く寝ていた処《ところ》を襲われ、腹を刺されてね……」

「腹を刺されて……」

「はい。で、歌川京仙、誰かに恨《うら》まれていたって事は……」

「さあ。京仙さんを恨んでいる人なんて……」

彦兵衛は、首を捻った。

「知りませんか……」

「は、はい……」

彦兵衛は、喉を鳴らして頷いた。

知っている……。

半次の勘は、彦兵衛が何かを知っていると囁《ささや》いた。

二

半兵衛は、音次郎と絵師歌川京仙の家の周囲に聞き込みを掛けた。

「昨夜遅く、京仙さんの家に来た人ですか」

隣の家のお内儀《かみ》は、戸惑いを浮かべた。

「ああ。気が付かなかったかな……」

半兵衛は尋ねた。

「はい。昨夜は家族揃《そろ》って早寝をしましたから……」

「だったら、此処《ここ》の処、京仙の家に妙な者が訪れたり、窺っていたりはしていなかったかな……」

半兵衛は訊いた。

「さあ、取《と》り立《た》てて気になる事はありませんでしたけど……」

お内儀は、首を横に振った。

「そうか。いや、造作を掛けたね……」

半兵衛は礼を述べ、聞き込みを続けた。

「旦那……」

音次郎が駆け寄って来た。

「どうだ。何か分かったかい……」

「いえ。何分《なにぶん》にも夜遅くの不忍池の畔ですから、難しいですね……」

音次郎は、吐息《といき》を洩らした。

「うん。ま、夜遅く、流しの按摩《あんま》や夜鳴蕎麦屋《よなきそばや》に当たってみるしかあるまい……」

半兵衛は苦笑した。

不忍池中之島の弁財天は、参拝客で賑わっていた。

地本問屋『鶴亀』は、客の途切れる事はなかった。

半次は、浜町堀に架かっている緑橋の袂から主の彦兵衛を見張った。

地本問屋『鶴亀』主の彦兵衛は、絵師の歌川京仙が殺された事は知らなかったが、誰かの恨みを買っている事は知っている……。

半次は読んだ。

見張りに就《つ》いて半刻（一時間）が過ぎた。

地本問屋『鶴亀』から、彦兵衛が番頭に見送られて出て来た。

出掛ける……。

半次は、彦兵衛を見守った。

彦兵衛は、通油町の通りを日本橋の通りに向かった。

何処に行くのか……。

半次は、緑橋の袂を出て足早に行く彦兵衛を尾行《つけ》始めた。

彦兵衛が、歌川京仙殺しの件で出掛けるのかどうかは分からない。だが、尾行てみるしかないのだ。

半次は、大伝馬町《おおでんまちよう》から本町《ほんちよう》を抜けて日本橋の通りに進む彦兵衛を慎重に尾行た。

日本橋の通りは行き交う人で賑わっていた。

彦兵衛は、日本橋の通りを横切って外濠《そとぼり》に出た。そして、外濠沿いの道を竜《りゅう》閑橋《かんばし》に向かった。

何処に行く……。

半次は、彦兵衛を尾行た。


半兵衛は、聞き込みの途中、不忍池の畔の茶店に立ち寄り、亭主に茶を頼んだ。

不忍池越しに板塀の廻された絵師歌川京仙の家が見えた。

半兵衛は、運ばれた茶を飲みながら京仙の家を眺めた。

絵師歌川京仙の家の板塀の木戸門には、板が打ち付けられ、通り掛かる人は眉をひそめて足早に立ち去っていた。

質素な形の武家の年増が現れ、板の打ち付けられた木戸門の前に佇んだ。

質素な形の武家の年増……。

遠目ではっきりしないが、黒木多江かもしれない。

もし、黒木多江なら歌川京仙の家に何しに来たのか……。

「茶代を置くぞ……」

半兵衛は、茶を飲み干して歌川京仙の家に急いだ。

半兵衛は、不忍池の畔を急ぎ、絵師歌川京仙の家にやって来た。

だが、京仙の家の板の打ち付けられた木戸門の前には誰もいなかった。

半兵衛は、辺りに質素な形の武家の年増を捜した。だが、質素な形の武家の年増は、何処にもいなかった。

「旦那……」

音次郎が、駆け寄って来た。

「おう。音次郎……」

「やっぱり、夜に来るしかありませんね」

音次郎は、吐息混じりに告げた。

「そうか。それより音次郎、質素な形の武家の年増、黒木多江を見掛けなかったか……」

半兵衛は訊いた。

「黒木多江さんですか……」

「うむ。今し方、黒木多江と思われる武家の年増が京仙の家の前にいてな」

「さあ、見掛けませんでしたが……」

音次郎は首を捻った。

「よし、音次郎。黒木多江の住んでいる本郷の天神長屋に行くよ」

「は、はい……」

半兵衛は、音次郎に誘《いざな》われて本郷の天神長屋に急いだ。

外濠の鎌倉河岸《かまくらがし》は荷揚《にあ》げ荷下《にお》ろしの時も過ぎ、既に閑散《かんさん》としていた。

彦兵衛は、竜閑橋から鎌倉河岸を抜けて神田橋《かんだばし》御門に進んだ。

半次は尾行た。

彦兵衛は、神田橋御門前を抜けて駿河台《するがだい》の大名旗本屋敷の連《つら》なりに進んだ。そして、本多伊予守《ほんだいよのかみ》の江戸上屋敷の角を錦小路《にしきこうじ》に曲がった。

錦小路か……。

半次は追った。

彦兵衛は、両側に武家屋敷の連なる錦小路を進んで、とある旗本屋敷の表門脇の潜り戸を叩いた。半次は、向かい側の旗本屋敷の土塀の陰から見守った。

旗本屋敷の潜り戸が開き、彦兵衛は中に入って行った。

半次は見届けた。

彦兵衛の訪れた旗本屋敷は、誰の屋敷なのか……。

半次は、辺りを見廻した。

小間物の行商人が大荷物を担《かつ》ぎ、斜向《はすむ》かいの旗本屋敷の裏門に続く路地から出て来た。

半次は、小間物の行商人を呼び止め、駆け寄った。

小間物の行商人は、怪訝《けげん》な面持ちで半次を迎えた。

「ちょいと訊くが、此のお屋敷、何方《どなた》さまのお屋敷か知っているかな」

半次は、懐の十手を見せ、彦兵衛の入った旗本屋敷を示した。

「ああ、此処は水野大学《みずのだいがく》さまのお屋敷にございますよ」

小間物屋の行商人は告げた。

「水野大学さまのお屋敷……」

「ええ。じゃあ……」

小間物の行商人は、大きな荷物を担ぎ直して神田川の方に向かった。

半次は見送り、彦兵衛の入った水野屋敷を眺めた。

地本問屋の主が、水野屋敷の誰に何の用があって来たのか……。

半次は、水野大学の屋敷を眺めた。


本郷北ノ天神真光寺の裏通りにある天神長屋には、赤ん坊の泣き声が響いていた。

「此処ですぜ。天神長屋……」

音次郎は、木戸に立ち止まって天神長屋を示した。

「黒木多江の家は……」

半兵衛は尋ねた。

「奥の右側の家です」

音次郎は示した。

半兵衛は、音次郎の示した奥の右側の家を眺めた。

奥の右側の家は、静けさに満ちていた。

「出掛けているのかな……」

半兵衛は睨《にら》んだ。

「かもしれませんね……」

音次郎は頷いた。

黒木多江は、大店に出向いて娘や倅《せがれ》に手習いと礼儀作法を教えるのを生業《なりわい》にしている。

今日も教えに出掛けて留守なのかもしれない……。

半兵衛は読んだ。

「よし。音次郎は此処で見張ってくれ。私は天神長屋の大家の処に行って来る」

半兵衛は告げた。


「黒木多江さんですか……」

天神長屋の大家幸兵衛《こうべえ》は、框《かまち》に腰掛けた半兵衛に茶を出した。

「うむ。亡くなった旦那は武士だったと聞いたが……」

半兵衛は、茶を啜った。

「はい。天神長屋に越して来た時は、御主人の黒木さまは既にお亡くなりになっていましたが、確か駿河台のお旗本家御家中だったと聞いておりますが……」

「駿河台の旗本家、何て名の旗本かな……」

「さあ。そこ迄《まで》は……」

大家の幸兵衛は、申し訳なさそうに首を捻った。

「そうか、分からぬか……」

「はい……」

「ならば何故、駿河台の旗本家を退転したかはどうかな……」

「本当かどうかは分かりませんが、噂では御乱行の殿さまに厳しく諫言《かんげん》して怒りを買い、切腹を命じられたとか……」

大家の幸兵衛は告げた。

「ほう。乱行の殿さまに諫言して切腹か……」

半兵衛は眉をひそめた。

「はい。尤《もっと》も噂にございますがね」

「うむ……」

半兵衛は、厳しい面持ちで頷いた。

駿河台の大名旗本屋敷街は、行き交う人もなく閑散としていた。

半次は、旗本水野家の屋敷に出入りを許されている米屋、酒屋、油屋などを訪れ、殿さま水野大学の人柄と家中の様子を尋ねた。

主の水野大学は、三十歳を過ぎた三千石取りの寄合《よりあい》であり、奥方と幼い子供がいた。

「で、どんな殿さまなんだい……」

半次は、油屋の手代に尋ねた。

「そりゃあ、我儘《わがまま》で遣《や》りたい放題の殿さまだそうですよ……」

油屋の手代は、注文された油を届けに行った時に奉公人たちから聞いた話を囁いた。

半次は、水野屋敷に出入りしている米屋や酒屋の者たちにも聞き込みを掛けた。

殿さまの水野大学の評判は決して良くなく、家中の雰囲気も刺々《とげとげ》しいとされていた。

地本問屋『鶴亀』の彦兵衛は、そんな水野屋敷の誰に何の用があって来たのか……。

半次は、聞き込みを続けた。

「どうだ……」

半兵衛は、音次郎が見張っている天神長屋に戻った。

「はい。多江さんは未だです……」

音次郎は、物陰から黒木多江の住む天神長屋を見張っていた。

「そうか……」

「それより旦那……」

音次郎は、木戸の陰にいる背の高い若い浪人を示した。

半兵衛は、背の高い若い浪人に気が付いた。

「野郎、さっき多江さんの家を訪ねて来ましてね。帰って来るのを待っているようです」

音次郎は読んだ。

「ほう。何者かな……」

半兵衛は、興味深そうに背の高い若い浪人を眺めた。

背の高い若い浪人は、半兵衛をちらりと見て木戸の陰から出て行った。

誘っている……。

半兵衛の勘が囁いた。

「よし。音次郎、此処を頼む……」

「はい……」

音次郎は頷いた。

半兵衛は、若い浪人を追った。


北ノ天神真光寺の境内に参拝客は少なかった。

若い浪人は、裏門から北ノ天神の境内に進み、立ち止まって振り返り、半兵衛を待っていた。

「やあ。私に何か用かな……」

半兵衛は笑い掛けた。

「町奉行所の同心が何故、黒木多江を見張っているのですか……」

若い浪人は、半兵衛を見据えた。

「私は北町奉行所臨時廻り同心の白縫半兵衛、おぬしは……」

「浪人、黒木慎之介《くろきしんのすけ》……」

若い浪人は名乗った。

「黒木慎之介……」

半兵衛は眉をひそめた。

「ならば……」

「黒木多江の死んだ夫、黒木慎一郎《くろきしんいちろう》の弟です」

若い浪人黒木慎之介は、薄く笑った。

「黒木多江の義弟か……」

「白縫さん、云《い》っておくが義姉《あね》の黒木多江は、絵師の歌川京仙殺しには拘わりない」

黒木慎之介は、そう云い残して参道に向かった。

半兵衛は見送った。

黒木慎之介の後ろ姿は、斬り掛かる事も尾行る事も許さぬ油断のないものだった。

半兵衛は苦笑した。

夕暮れが近付いた。

半次は、聞き込みを終えて水野屋敷に戻って来た。

水野屋敷から三人の家来が現れ、中間《ちゅうげん》に見送られて錦小路を神田橋御門に向かった。

半次は見送った。

地本問屋『鶴亀』の彦兵衛は、半次が聞き込みに行っている間に帰ったのかもしれない。

半次は読んだ。

どうする……。

水野屋敷の見張りを続けるか、それとも打ち切るか……。

半次は迷った。

水野屋敷の潜り戸が開いた。

半次は、素早く物陰に隠れた。

地本問屋『鶴亀』の彦兵衛が、潜り戸から出て来た。

彦兵衛は未だ帰ってはいなかった……。

半次は、微かな安堵を覚えた。

彦兵衛は、中間と挨拶を交わして神田橋御門に進んだ。

よし……。

半次は、彦兵衛を追った。

夕暮れの外濠、神田橋御門前は人通りも減った。

彦兵衛は、錦小路から外濠沿いの道を神田橋御門に進んだ。

半次は尾行た。

彦兵衛は、通油町の地本問屋『鶴亀』に真っ直ぐ帰るのか……。

半次は読んだ。

彦兵衛は、夕暮れ時の神田橋御門に差し掛かった。

刹那《せつな》、神田橋御門の石垣の陰から覆面をした三人の武士が現れ、彦兵衛に斬り掛かった。

彦兵衛は、血を飛ばして倒れた。

拙《まず》い……。

半次が、慌《あわ》てて呼《よ》び子笛《こぶえ》を吹き鳴らした。

覆面をした三人の武士は怯《ひる》んだ。

半次は、尚《なお》も呼び子笛を吹き鳴らした。

三河町《みかわちょう》から駆け寄って来る人の声がした。

「人殺しだ。人殺しだ……」

半次は、呼び子笛を吹き鳴らして怒鳴った。

覆面をした三人の武士は、慌てて刀を引いて錦小路に逃げた。

半次は、倒れている彦兵衛に駆け寄った。

「大丈夫か……」

半次は、倒れている彦兵衛を見た。

彦兵衛は、肩口を斬られて血を流し、気を失っていた。

町方の人々が恐る恐るやって来た。

「俺はお上から十手を預かっている者だ。怪我人を医者に運ぶのを手伝ってくれ」

半次は、十手を見せて助けを求めた。

燭台《しょくだい》の明かりは、半兵衛と半次の横顔を照らしていた。

「地本問屋鶴亀の彦兵衛が襲われ、深手《ふかで》を負ったか……」

半兵衛は眉をひそめた。

「はい。彦兵衛、直ぐに医者に担ぎ込みましたが、助かるかどうか……」

「して、彦兵衛、何をしていたのだ……」

「駿河台は錦小路の旗本水野大学さまの屋敷に行った帰り道、神田橋御門の前で……」

半次は告げた。

「錦小路の水野大学……」

半兵衛は、厳しさを過ぎらせた。

「はい。水野大学さまが何か……」

半次は、微かな戸惑いを滲《にじ》ませた。

「うむ。黒木多江の亡くなった亭主。かつて駿河台の旗本に奉公していたが、殿さまに諫言《かんげん》して怒りを買い、切腹をさせられていたよ……」

「何ですって……」

半次は緊張した。

「うむ。して、旗本の水野大学、どのような男なのだ」

「はい。我儘で傲慢《ごうまん》、家来や奉公人たちはぴりぴりしているそうですぜ」

半次は告げた。

「そうか、水野大学か……」

「はい。で、彦兵衛は水野屋敷の帰りに三人の覆面の武士に襲われました……」

「三人の覆面の武士に心当たりはないのか……」

半兵衛は、半次に尋ねた。

「そいつなんですがね。彦兵衛が水野屋敷から帰る前に、水野家の家来が三人、出掛けて行ったのが気になります……」

半次は告げた。

「水野家の家来が三人か……」

「はい……」

半次は頷いた。

「仮にその辺りだとすると、彦兵衛を襲った狙いは何だ……」

「その辺が良く分からないんですよ……」

半次は、戸惑いを滲ませた。

「うん。つまりは、水野大学と彦兵衛の拘わりだな……」

「はい……」

半兵衛は読んだ。

「で、おそらくそれには殺された絵師の歌川京仙も絡んでいるのかもな……」

半兵衛は睨んだ。

「きっと……」

半次は頷いた。

「それから、半次。黒木多江の死んだ亭主慎一郎の弟、黒木慎之介と云う若い浪人が現れた」

半兵衛は告げた。

「黒木慎之介ですか……」

「ああ、かなりの遣《つか》い手《て》と見た。気を付けるのだな……」

半兵衛は、小さな笑みを浮かべた。

燭台の明かりは瞬《また》いた。

三

殺された絵師の歌川京仙は、地本問屋『鶴亀』主の彦兵衛や旗本の水野大学と何らかの拘わりがある。

半兵衛は、音次郎を黒木多江に張り付け、半次と共に彦兵衛や水野大学の拘わりを調べる事にした。

半兵衛は、珍しく己から吟味方与力の大久保忠左衛門の用部屋を訪れた。

「おう、珍しいな半兵衛。呼びもしないのに来るとは……」

忠左衛門は、細い筋張った首を縮《ちぢ》めて苦笑した。

「はい。ちょいとお伺いしたい事がありましてね」

「ほう。半兵衛が知りたい事とは何かな……」

忠左衛門は、細い首の筋を伸ばした。

「はい。駿河台は錦小路に屋敷を構える三千石取りの旗本水野さまを御存知だそうですね」

半兵衛は尋ねた。

「う、うむ。御存知って程ではないが、先代の嘉門《かもん》さまとは馬が合ってな。三千石取りの大身旗本と二百石の町奉行所与力、碁敵《ごがたき》だった」

忠左衛門は、細い首の筋を伸ばして懐《なつ》かしそうに頷いた。

「そうですか。で、嘉門さまが亡くなり、跡目《あとめ》を継がれた大学さまは……」

「知らぬ……」

忠左衛門は、筋張った細い首を伸ばした。

「知らぬ……」

「うむ。倅の大学、儂が知っておるのは、元服《げんぷく》したばかりの頃でな。父親の嘉門さまに似ても似つかぬ人柄で、横柄《おうへい》で腺病質《せんびょうしつ》で何を考えているか分からない奴だったな」

「特に変わった事はありませんでしたか……」

「ま、取り立てて変わった事はなかったと思うが、絵を描くのが好きな軟弱者だと嘉門さまが良く嘆《なげ》いておられたな……」

「絵……」

半兵衛は眉をひそめた。

「うむ。それも女の絵、美人画をな、元服したばかりの子供が。父親の嘉門さまが嘆かれたのも無理はない……」

忠左衛門は、細い首の筋を引《ひ》き攣《つ》らせて死んだ碁敵に同情した。

「美人画ですか……」

半兵衛は眉をひそめた。

「そうか。鶴亀の彦兵衛、意識は戻らないか……」

半兵衛は、溜息《ためいき》を吐《つ》いた。

「ええ。お医者の話じゃあ、命が助かっても話が出来るかどうか分からないと……」

半次は、厳しい面持ちで告げた。

「そうか……」

「はい……」

「ならば、半次。殺された絵師の歌川京仙と版元鶴亀の彦兵衛。今、どんな仕事をしていたのか分からないかな……」

半兵衛は尋ねた。

「そうですねえ、鶴亀の番頭か、歌川京仙と親しかった絵師に訊いてみますか……」

「そうか。鶴亀の番頭か、歌川京仙と親しかった絵師か……」

半兵衛は頷いた。

「はい。先《ま》ずは番頭から行きますか……」

「うん……」

半兵衛と半次は、通油町の地本問屋『鶴亀』に急いだ。

地本問屋『鶴亀』は、主の彦兵衛が大怪我をしたにも拘《かか》わらず繁盛していた。

半兵衛と半次は、地本問屋『鶴亀』の座敷に通された。

「白縫さま。親分さん、旦那さまを襲った者が誰か分かったのでしょうか……」

番頭は、不安そうに尋ねた。

「いや。そいつは未だだが、彦兵衛と絵師の歌川京仙、小町娘の美人画を描いていたそうだが、他にも何かしていた筈だな……」

半兵衛は、番頭を見据えた。

「そ、それは……」

番頭は、僅《わず》かに狼狽えた。

「番頭さん、知っているなら、正直に話した方が身の為だよ」

半次は、笑い掛けた。

「は、はい……」

番頭は、困惑を滲ませて頷いた。

「さあ……」

半次は促した。

「はい。旦那さまと京仙さんは、小町娘の美人画の他に、お旗本の水野大学さまの御注文の仕事をしておりました」

番頭は告げた。

「水野大学の注文の仕事……」

「旦那……」

「うむ。その水野大学の注文の仕事ってのはどんな仕事だ」

「さあ。そこ迄は聞いておりません」

番頭は、申し訳なさそうに告げた。

「番頭……」

半兵衛は、番頭を厳しく見据えた。

「本当です。本当にございます」

番頭は、必死に訴えた。

嘘偽《うそいつわ》りはない……。

半兵衛は、番頭の言葉を信じた。

「ならば、番頭。彦兵衛と京仙が水野大学の注文で何をしているのか、知っている者はいないのかな」

半兵衛は尋ねた。

「知っている者ですか……」

「ああ……」

「ひょっとしたら、戯作者《げさくしゃ》の菊亭百鬼《きくていひやっき》さんなら何か知っているかもしれません」

番頭は告げた。

「戯作者の菊亭百鬼……」

半兵衛は眉をひそめた。

「はい。絵師の歌川京仙さんとは、若い頃から連《つる》んでいる御神酒徳利《おみきどっくり》だとか……」

「その菊亭百鬼、家は何処かな」

半次は訊いた。

「はい。確か根岸《ねぎし》の里だったと聞いておりますが……」

番頭は告げた。

「よし。半次、根岸の里だ……」

半兵衛は立ち上がった。

北ノ天神真光寺裏の天神長屋は、井戸端でおかみさんたちが幼い子を遊ばせながら立ち話をしていた。
音次郎は、木戸の陰から見張っていた。
奥の家から黒木多江が、小さな風呂敷包みを抱えて出て来た。
多江は、井戸端のおかみさんたちと挨拶を交わし、木戸に向かった。
大店の娘や子供の手習いに行くのか……。
音次郎は読み、天神長屋の木戸を出て本郷の通りに向かう多江を追った。
本郷通りを横切った多江は、切通しを湯島天神裏に進んだ。
音次郎は尾行た。
多江は、切通しから下谷広小路に向かった。
音次郎は、半兵衛から聞いた背の高い若い浪人黒木慎之介を多江の周辺に捜した。
いない……。
音次郎は、多江の周辺に黒木慎之介と云う若い浪人がいないのを見定めた。
多江は、切通しから下谷広小路に出て上野元黒門町《もとくろもんちょう》の仏具屋の暖簾《のれん》を潜った。
音次郎は走り、仏具屋の店内を覗《のぞ》いた。

多江は、女中に案内されて奥に入って行った。

「さあさあ、手習いの刻限です。お前たちも早く行きなさい」

番頭が、二人の小僧に命じた。

二人の小僧が返事をし、足早に奥に入って行った。

多江は、睨み通り大店の娘や倅たちの手習い教授に来たのだ。

よし……。

音次郎は、仏具屋の見える一膳飯屋《いちぜんめしや》に入り、腹拵《はらごしら》えをしながら見張る事にした。


根岸の里には石神井《しやくじい》用水のせせらぎが煌《きら》めき、水鶏《くいな》の鳴き声が響いていた。

半兵衛と半次は、石神井用水沿いの小径《こみち》を時雨《しぐれ》の岡《おか》に向かった。

呉竹《くれたけ》、根岸の里は上野の山陰にあり、幽趣《ゆうしゆ》がある処から文人墨客《ぶんじんぼつかく》の住まいや大店の別荘などがあった。

半兵衛と半次は、時雨の岡の向かい側にある瀟洒《しようしや》な家に進んだ。

「此の家ですかね……」

半次は、瀟洒な家を眺めた。

「うん……」

半兵衛は頷いた。

半次は、瀟洒な家の戸口に廻り、格子戸を叩いた。

「菊亭百鬼先生、菊亭先生……」

半次は、格子戸を叩いて呼び掛けた。

だが、家の中から返事はなかった。

「留守ですかね……」

半次は眉をひそめた。

「開けてみな……」

半兵衛は命じた。

半次は、格子戸を引いた。

格子戸は開いた。

「旦那……」

「よし……」

半兵衛は、格子戸を潜って框に踏み込んだ。

框は、台所の土間に続いていた。

半兵衛は眉をひそめた。

「旦那……」

「酒の匂いだ……」

半兵衛は、框に上がって奥に進んだ。

半次が続いた。


居間は薄暗く、誰もいなかった。

半兵衛は、居間を抜けて隣の座敷に進んだ。

半次は続いた。


半兵衛は、隣の座敷の襖を開けた。

座敷は暗く酒の匂いに満ち、男の鼾《いびき》が響いていた。

「半次、雨戸を開けな……」

「はい……」

半次は、縁側《えんがわ》に出て雨戸を開けた。

陽差しが溢《あふ》れんばかりに差し込んだ。

文机に書き掛けの原稿、貧乏徳利に空《から》の湯飲茶碗。そして。万年布団を抱え込んで鼾を掻《か》いている中年の男……。

戯作者の菊亭百鬼だ……。

半兵衛は見定めた。

「酔い潰れていますか……」

半次は眉をひそめた。

「うん。菊亭百鬼、起きろ……」

半兵衛は、菊亭百鬼を揺すった。

だが、菊亭百鬼は呻《うめ》くだけで眼を覚まさなかった。

「半次、水を浴びせろ……」

半兵衛は苦笑した。

半次は、手桶《ておけ》に石神井用水を汲《く》んで来て、酔い潰れている菊亭百鬼に浴びせた。

菊亭百鬼は驚き、悲鳴を上げて眼を覚まし、跳ね起きた。

「やあ。眼が覚めたか……」

半兵衛は笑い掛けた。

「えっ……」

菊亭百鬼は、巻羽織の半兵衛に戸惑い、狼狽えた。

戯作者菊亭百鬼は、喉を鳴らして水を飲み干し、酒臭い溜息を大きく吐いた。

「思い通りに筆が進まなくて、つい酒を飲み過ぎてしまいました。ああ……」

菊亭百鬼は項垂《うなだ》れた。

「して、百鬼。絵師の歌川京仙とは昵懇《じっこん》の間柄なんだな……」

半兵衛は尋ねた。

「ええ、そりゃあもう。餓鬼《がき》の頃からの腐《くさ》れ縁《えん》ですよ……」

百鬼は、酒で濁《にご》った眼で頷いた。

「して、歌川京仙、今、版元の鶴亀の主の彦兵衛と組んで仕事をしているようだが、何をしているのか知っているかな……」

「京仙が彦兵衛の旦那と組んで……」

「ああ。どんな仕事か聞いちゃあいないか……」

「さあて、別に何も聞いちゃあいませんが……」

百鬼は、困惑を浮かべた。

「そうか。別に聞いちゃあいないか……」

「は、はい。わざわざ根岸迄来て戴いて申し訳ありません。で、京仙の奴、何を仕出《しで》かしたんですか……」

酔いの醒《さ》めて来た百鬼は眉をひそめた。

「うん。そいつが何者かに殺されてね」

半兵衛は告げた。

「そうですか、殺されましたか、ええっ……」

百鬼は驚き、眼を丸く瞠《みは》って半兵衛を見た。

「うむ。気の毒にな。して百鬼。京仙が殺された事に何か心当たりはないかな」

半兵衛は訊いた。

「心当たり、さあ、ありませんが……」

百鬼は身震いした。

「殺した奴にもか……」

「はい、私は何も知りません」

「そうか。やはり、知らぬか……」

「はい。此処の処、どうにも筆が進まず、此処に籠《こも》っていましてね……」

百鬼は、疲れ果てたような吐息を洩らした。

「そうか。して、どんな筋立ての話を書いているのかな……」

半兵衛は笑い掛けた。

「はい。ある絵師が旗本の殿さまに江戸の小町娘の美人画を描くように頼まれましてね……」

百鬼は話し始めた。

「絵師が旗本に……」

半兵衛は眉をひそめた。

「はい。それも小町娘に良く似せた似顔絵の美人画を……」

「似顔絵の美人画か……」

「ええ。ですが、旗本の殿さまは、美人画だけでは満足せず……」

「小町娘の似顔絵の危絵を描けと注文したのかな……」

半兵衛は読んだ。

「はい。そして、旗本の殿さまの注文は歯止めがきかなくなり、ついには春画では飽《あ》き足《た》らず、小町娘本人を連れて来いと云い出すのです……」

百鬼は告げた。

「して、どうなるのだ……」

半兵衛は、話の先を促した。

「そいつが、上手《うま》く書けなくなって……」

百鬼は、書き散らした原稿を腹立たし気に握り締めた。

「酒を飲んでいたか……」

「ええ……」

百鬼は頷いた。

「百鬼、今の筋立ての話、お前が考えたのか……」

半兵衛は眉をひそめた。

「えっ。いえ、此奴は京仙の奴と酒を飲んでいた時、聞いた話でしてね。面白いなと思い、読本にしようと書き始めたんですよ……」

「半兵衛の旦那……」

半次は眉をひそめた。

「うむ。して、百鬼。今の話の何処迄《どこまで》が歌川京仙に聞いた話なのだ」

「小町娘の春画じゃあ飽き足らなくなった辺り迄ですかね」

「して、京仙はどうしたのかな……」

「さあて、どうしたのか……」

百鬼は苦笑した。

「分からぬか……」

「はい……」

百鬼は頷いた。

「そうか、分からないか……」

半兵衛は頷いた。

石神井用水のせせらぎは煌めいた。

半兵衛と半次は、石神井用水の流れに沿った小径を進み、小橋を渡って芋坂《いもざか》を上がった。

「旦那、菊亭百鬼の話、どう思います」

半次は尋ねた。

「うん。嘘偽りはないと思うよ」

「ええ。菊亭百鬼の書いている読本の筋立て、やっぱり歌川京仙に聞いた話ですかね……」

「おそらく間違いないだろうが、筋立ての最後の方は百鬼の作った話だろうね」

半兵衛は頷き、読んだ。

「もし、百鬼の話が本当だったら……」

「危絵や春画で飽き足らなくなり、小町娘本人を連れて来い云う注文か……」

「ええ……」

半次は頷いた。

「おそらく、そいつは幾ら何でも無理な注文って奴だろうね」

「じゃあ、地本問屋鶴亀の彦兵衛と絵師の歌川京仙は断わりましたか……」

半次は読んだ。

「ああ。出来ないとな……」

「そうでしょうね」

「だが、旗本の殿さまは、大人しく引き下がらなかった」

半兵衛は睨んだ。

「じゃあ、彦兵衛と京仙は、気乗りのしないまま一応は旗本の注文通りに動きましたか……」

「きっとな。ま、そうするより仕方がなかったのだろうな」

「そして、歌川京仙は殺され、鶴亀の彦兵衛は襲われた……」

半次は、厳しさを滲ませた。

半兵衛と半次は、芋坂を上がって谷中天王寺《やなかてんのうじ》山門前に出た。

天王寺山門前の新茶屋町《しんちゃやまち》は賑わっていた。


一刻が過ぎた。

上野元黒門町の仏具屋から黒木多江が、番頭や小僧に見送られて出て来た。

多江は、番頭や小僧と挨拶を交わして不忍池に向かった。

音次郎は追った。


不忍池の畔では参拝帰りの人々が、散策を楽しんでいた。

黒木多江は、不忍池の畔を進んで茶店に立ち寄り、茶を頼んで縁台に腰掛けた。

音次郎は、雑木林の木陰から見張った。

多江は、運ばれた茶を飲みながら不忍池を眺めた。

只《ただ》の一休みか、それとも誰かと待ち合わせをしているのか……。

音次郎は、多江のいる茶店の周囲に気を配った。
背の高い若い浪人が、不忍池の畔をやって来た。
黒木慎之介……。
音次郎は、背の高い若い浪人が多江の義弟の黒木慎之介だと見定めた。
黒木慎之介は、茶店にいる多江の隣に腰掛け、茶を頼んだ。
音次郎は見守った。
多江と黒木慎之介は、茶を飲みながら何事か言葉を交わした。
僅かな刻が過ぎた。
多江は、茶代を払って茶店を出た。
黒木慎之介は続いた。
音次郎は見守った。
多江は、不忍池の畔から明神下の通りに向かった。
黒木は、多江の背後から護衛するかのように眼を配りながら続いた。
音次郎は、気が付かれた時は逃げられる距離を保ち、多江と黒木を尾行《つけ》た。

四

黒木多江は、神田八ツ小路を連雀町口に進んだ。

黒木慎之介が続き、音次郎は追った。

多江は、連雀町に入り、お店の連なる通りを進み、辺りを見廻して扇屋《おおぎや》『薫《くん》風堂《ぷうどう》』の暖簾を潜った。

黒木は、物陰から扇屋『薫風堂』の周囲に不審な者がいないか警戒した。

音次郎は見張った。

黒木は、多江が扇屋『薫風堂』に来るのが危険だと睨み、警戒しているのだ。

上野元黒門町の仏具屋では何の警戒もしていなかったのだが、神田連雀町の扇屋『薫風堂』では警戒する。

どうしてだ……。

音次郎は首を捻った。

扇屋『薫風堂』には、何か変わったものでもあるのか……。

音次郎は読んだ。

扇屋『薫風堂』にも手習いや礼儀作法を教えに来たのなら、半刻は動かない筈だ。

音次郎は、連雀町の木戸番に走った。

「扇屋薫風堂に変わった事……」

木戸番は、戸惑いを過ぎらせた。

「ええ。何かありませんかね」

音次郎は尋ねた。

「さあて、変わった事ねえ……」

木戸番は首を捻った。

「はい。何でも良いんですがねえ」

「そうだ。薫風堂には十七歳になる一人娘がいてね……」

「一人娘……」

「ああ。おさきちゃんと云ってね。連雀町小町と専《もっぱ》らの評判だ。そのぐらいかな、薫風堂が他の店と違うのは……」

「連雀町小町……」

「ああ……」

「薫風堂の娘のおさきは、連雀町小町なんですか……」

音次郎は念を押した。

「そりゃあもう、擦《す》れ違《ちが》う者が皆振り向く程の器量好《きりようよ》しだよ」

「そうですか……」

音次郎は、黒木多江の教え子に小町娘がいるのを知った。

黒木多江は、扇屋『薫風堂』の娘おさきに手習いと茶の湯を教えていた。

その間、義弟の黒木慎之介は表に不審な者が現れるのを警戒した。

音次郎は、木戸番から戻った。

多江が仕事を終え、番頭と小僧に見送られて扇屋『薫風堂』から出て来た。そして、物陰にいた黒木慎之介に目配せをして神田八ツ小路に向かった。

黒木慎之介は、来た時と同じく護るように背後に続いた。

音次郎は追った。

黒木多江は、神田八ツ小路から神田川に架かっている昌平橋《しようへいばし》を渡り、本郷の通りを進んだ。

黒木慎之介が続き、音次郎は尾行た。

黒木多江は、北ノ天神真光寺の境内を抜け、裏通りに向かおうとした。

刹那、二人の浪人と遊び人が現れ、多江に襲い掛かった。

「何をするのです。放しなさい……」

多江は、腕を摑《つか》んだ遊び人の手を振り払おうとした。

「煩《うるさ》い。一緒に来て貰う」

遊び人は笑った。

次の瞬間、黒木慎之介が現れ、遊び人を蹴り飛ばしながら多江を庇《かば》い立った。

「おのれ、邪魔するな」

二人の浪人は、黒木に激しく斬り付けた。

黒木は、抜き打ちの一刀を放った。

浪人の一人が腕を斬られて刀を落とし、後退《あとずさ》りして身を翻《ひるがえ》した。

「おのれ、水野家の者に頼まれての所業《しょぎょう》か……」

黒木は、残る浪人に怒鳴った。

「だ、黙れ……」

残った浪人は、黒木に猛然と斬り掛かった。

黒木は躱《かわ》し、大きく踏み込んで刀を鋭く一閃《いっせん》した。

閃光が走った。

斬り掛かった浪人は、脇腹から血を流して倒れた。

「義姉上、さあ……」

「は、はい……」

黒木は、多江を連れて逃げた。

音次郎は、黒木と多江を追った。

北ノ天神真光寺は夕陽に覆われた。


組屋敷の囲炉裏の火は燃え上がった。

半兵衛は、半次と共に囲炉裏端で音次郎の報せを聞いた。

「して、黒木と多江は天神長屋に逃げたのか……」

半兵衛は、音次郎に尋ねた。

「いえ。多江さんは黒木に連れられて小石川片町《こいしかわかたまち》にある長福寺《ちょうふくじ》と云う寺の家作《かさく》に……」

音次郎は告げた。

「小石川片町の長福寺か……」

「はい……」

「黒木慎之介が借りているんですかね」

半次は読んだ。

「きっとな。狙われた多江を護る為、己が借りている長福寺の家作に連れて行ったのだろう……」

半兵衛は睨んだ。

「ですが、水野はどうして多江さんを狙ったんですかね」

半次は、首を捻った。

「そいつなんだが、多江さんは夫の黒木慎一郎に切腹を命じた水野大学の所業を調べ、小町娘に懸想《けそう》しているのを知った。そして、自分が手習いと茶の湯を手解《てほど》きしている扇屋薫風堂の娘のおさきが連雀町小町と称され、絵師の歌川京仙と版元の鶴亀の彦兵衛が水野大学の意を受けて動いていると知り、何かと邪魔をした。それに気が付いた水野大学が黒木多江を狙った……」

半兵衛は読んだ。

「じゃあ、旦那。絵師の歌川京仙を殺したのは……」

半次は眉をひそめた。

「うむ。黒木多江か黒木慎之介のどちらかだろう……」

半兵衛は読んだ。

「じゃあ、神田橋御門前で地本問屋鶴亀の彦兵衛を斬ったのも……」

音次郎は戸惑った。

「いや。彦兵衛は、歌川京仙が殺されて慌てて水野屋敷に駆け付けた。そして、おそらく彦兵衛は狼狽え怯《おび》え、一切から手を引くと云い出した……」

「じゃあ、水野大学は彦兵衛が町奉行所に事の次第を報せるのを恐れて……」

「うん。彦兵衛が帰る前に三人の家来が出掛けたのだったな」

「はい。じゃあ、その三人の家来が神田橋御門で彦兵衛を待ち伏せして……」

半次は読んだ。

「おそらくね……」

半兵衛は、厳しい面持ちで頷いた。

囲炉裏の火が爆《は》ぜ、火花が飛び散った。

小石川片町にある長福寺には、住職の読む経が響いていた。
半兵衛は、半次と音次郎に錦小路の水野屋敷を見張らせ、長福寺にやって来た。
住職の読む経が響く長福寺の境内では、老寺男が掃除に忙しかった。
半兵衛は、長福寺の裏手に廻って行った。
半兵衛は、長福寺の裏土塀沿いを来て裏門から裏庭を眺めた。
裏庭には家作が見えた。
黒木慎之介と多江はいるのか……。
半兵衛は、家作を窺った。
家作からは、人の声も物音も聞こえず静かだった。
よし……。
半兵衛は、裏門に向かった。
その時、裏門が開き、黒木多江が出て来た。
黒木多江は、半兵衛に気が付き、僅かに顔色を変えて立ち止まった。
「やあ。黒木多江さんだね」

半兵衛は笑い掛けた。

「は、はい……」

多江は、半兵衛に警戒の眼を向けて頷いた。

「私は北町奉行所同心の白縫半兵衛……」

半兵衛は名乗った。

「白縫半兵衛さま、私は今、先を急ぎますので……」

多江は、微かな焦りを滲ませた。

「黒木慎之介がどうかしたのか……」

半兵衛の勘は、多江の焦りが黒木慎之介に拘わりがあると囁いた。

「いつの間にか姿を消したのです」

「姿を消した……」

「はい。きっと昨日、私が襲われたので……」

「錦小路の水野大学の屋敷に行ったのか……」

半兵衛は読んだ。

「はい。きっと、決着をつけに……」

「分かった。ならば、話は歩きながら……」

「は、はい……」

多江は頷いた。

半兵衛と多江は、本郷の通りに向かった。

「多江さん、黒木慎一郎どのは、殿さま水野大学が絵師の歌川京仙や鶴亀の彦兵衛たちと小町娘の美人画、危絵、春画を作り始めたのを厳しく諫《いさ》めて怒りを買い、切腹を命じられたのだな」

半兵衛は尋ねた。

「は、はい。仰《おつしや》る通りです……」

多江は、半兵衛が知っているのに戸惑いながら頷いた。

「そして、水野大学は絵だけでは飽き足らなくなり、京仙と彦兵衛に小町娘を連れて来るように命じた。多江さんは手習いや茶の湯を教えている扇屋薫風堂の娘おさきが連雀町小町である処からそれを知り、何とかそれを食い止めようとした……」

半兵衛は、己の読みを告げた。

「はい。そして、絵師の歌川京仙に止めるように頼みに行きましたが、京仙は私の云う事を嘲笑《あざわら》い、私はかっとして……」

多江は、半兵衛を見詰めた。

「京仙を殺しましたか……」

「はい。私が絵師の歌川京仙を殺しました……」

多江は、半兵衛を見据えて告げた。

「多江さん、仔細《しさい》は後だ……」

半兵衛は、多江を遮《さえぎ》ってやって来た町駕籠《まちかご》を呼び止めた。


駿河台錦小路の旗本屋敷街は既に出仕《しゅっし》の刻も過ぎ、行き交う者もいなかった。

半次と音次郎は、旗本屋敷の中間頭に金を握らせて中間長屋に入り、窓から斜向かいの水野屋敷を見張っていた。

「親分……」

音次郎が、窓辺から半次を呼んだ。

「どうした……」

半次は、音次郎の隣に座って窓の外を見た。

塗笠《ぬりがさ》を被《かぶ》った背の高い浪人がやって来た。

「ひょっとしたら、黒木慎之介かもしれません」

音次郎は、錦小路をやって来る塗笠を被った背の高い浪人を示した。

「ああ、あれが黒木慎之介か……」

半次は、緊張を覚えて喉を鳴らした。

「水野屋敷に来たんですかね……」

音次郎は読んだ。

「きっとな……」

半次は、中間長屋を出た。

音次郎が続いた。


半次と音次郎は、旗本屋敷の潜り戸を出た。

やって来た背の高い浪人は、塗笠を上げて半次と音次郎を見た。

やはり黒木慎之介だった。

音次郎は見定めた。

黒木慎之介は、半次と音次郎に薄く笑い掛けて水野屋敷表門脇の潜り戸に近付いた。

半次と音次郎は見守った。

駕籠舁《かごか》きの掛け声が聞こえた。

音次郎は振り向いた。

半兵衛が、町駕籠を伴って小走りにやって来た。

「親分、半兵衛の旦那です……」

音次郎は告げた。

「おう……」

半次は、黒木を見たまま頷いた。

黒木は、潜り戸を叩いた。

「元家中黒木慎一郎が弟黒木慎之介、御当主水野大学さまにお伝えしたい事があって罷《まか》り越《こ》した。門を開けられい……」

黒木は、潜り戸内に告げた。

半兵衛は、町駕籠を停めて多江を下ろした。

「黒木……」

半兵衛は呼んだ。

黒木は振り向いた。

「慎之介どの……」

多江は、半兵衛の傍らで声を引き攣らせた。

潜り戸が開いた。

黒木は微笑《ほほえ》んだ。

「黒木……」

半兵衛は、黒木慎之介の覚悟を知った。

「慎之介どの……」

多江は、涙を零《こぼ》した。

黒木は、潜り戸を潜った。

潜り戸は閉められた。

多江は、言葉もなく涙を零し続けた。

「半兵衛の旦那……」

半次は眉をひそめた。

「黒木慎之介、兄慎一郎の無念を晴らして死ぬ覚悟だ」

半兵衛は告げた。

音次郎は、表門に走って門扉《もんぴ》の隙間を覗いた。

僅かな隙間から前庭が見えた。

黒木が、取次《とりつぎ》の家来に誘《いざな》われて式台《しきだい》に向かうのが見えた。

「見えるか……」

半次は訊いた。

「はい……」

音次郎は、喉を鳴らして覗き続けた。

「多江さん。どうやら遅かった。後は黒木慎之介が兄上の無念を晴らすのを祈るばかりだ」

半兵衛は、静かに告げた。

「白縫さま……」

多江は、水野屋敷に哀し気な眼を向けた。

水野屋敷から男の怒号が湧き上がり、激しい物音が響いた。

斬り込んだ……。

半兵衛は、水野家の家来と斬り合いながら主の大学に迫る黒木慎之介を思い浮かべた。

多江は、手を合わせて祈った。

半次と音次郎は、表門の門扉の隙間から水野屋敷を覗いていた。

式台の前では、黒木が何人もの家来たちに押されて奥から現れ、激しく斬り合った。

黒木は、血塗《ちまみ》れになり修羅《しゅら》の如《ごと》くに闘った。

「おのれ、黒木慎之介……」

肥《ふと》った若い武士が肩から血を流し、刀を握り締めて出て来た。

「殿、大学さま……」

家来たちが慌てて肥った若い武士を止めた。

肥った若い武士は、主の水野大学だった。

水野大学は、家来たちの制止を振り切って闘っている黒木に猛然と斬り掛かった。

「死ね……」

水野大学は叫び、刀を斬り下げた。

黒木は、大きく踏み込んで刀を鋭く突き出した。

突き出された刀は、水野大学の肥った腹を貫いた。

「お、おのれ……」

水野大学は、肥った顔を醜《みにく》く歪《ゆが》めて倒れた。

黒木は、大学の腹から刀を抜こうとした。

だが、家来たちが刀を翳《かざ》して黒木に殺到した。

「旦那……」

半次は、門扉の傍から離れ、半兵衛と多江に近付いた。

半兵衛と多江は、半次の言葉を待った。

「黒木慎之介さん、水野大学さまを討ち果たしました」

半次は報せた。

「そうか。多江さん……」

半兵衛は笑った。

「はい。いろいろ御造作をお掛け致しました。ありがとうございます」

多江は、半兵衛と半次に深々と頭を下げた。

「何も出来ぬ町奉行所をお許し下され……」

半兵衛は詫《わ》びた。

「ならば、絵師の歌川京仙を殺したのは浪人の黒木慎之介で、地本問屋『鶴亀』

主の彦兵衛を襲ったのは水野家家中の者だと申すのか……」

忠左衛門は、細い首の筋を引き攣らせた。

「はい。それもこれも主の水野大学さまが小町娘に懸想し、顔を良く似せた美人画から危絵、春画になり、高じて小町娘本人を御所望になったからにございます」

半兵衛は告げた。

「おのれ、大学。水野家と父上嘉門さまの名を汚《けが》す痴《し》れ者《もの》が……」

忠左衛門は、細い筋張った首を伸ばし、嗄《しやが》れ声を怒りに震わせた。

「ならば、大久保さま……」

「うむ。碁敵の嘉門さまには申し訳ないが、一件の顚末《てんまつ》、詳しく評定所《ひょうじょうしょ》に報告致そう」

忠左衛門は、細い首を伸ばして吐息を洩らした。

「はい。大学さまは急な病での頓死《とんし》と御公儀に届け出た水野家には申し訳ありませんが……」

「ま、すべては諫めた家来の黒木慎一郎に切腹を命じた主の大学の愚かさ故の結果。嘉門さまも納得してくれるだろう」

忠左衛門は、細い首の筋を引き攣らせた。

「畏《おそ》れ入ります」

半兵衛は、忠左衛門の苦衷《くちゅう》を察した。


「本当に絵師の歌川京仙を殺したのは黒木慎之介なんですかね……」

半次は、戸惑いを浮かべた。

「そいつなんだがね。多江さんは自分が殺《あや》めたと云っている……」

半兵衛は告げた。

「そうですか。でも、それだって本当かどうか分かりませんよ」

半次は眉をひそめた。

「うむ。だから、此《これ》で良いだろう」

半兵衛は云い放った。

世の中には、町奉行所の者が知らない方が良い事もある……。

「はい……」

半次は頷いた。

半兵衛は笑った。

第三話　影の男

一

不忍池の畔《ほとり》に木洩《こも》れ日《び》は揺れた。

半兵衛は、半次や音次郎と古い茶店の縁台で茶を飲んでいた。

茶店の奥から鋸《のこぎり》で板を切り、金槌《かなづち》で釘《くぎ》を打つ音が聞こえてきた。

「父っつあん、改築でもしているのかい……」

音次郎は、老亭主に尋《たず》ねた。

「いや。大工の兄いに、納戸《なんど》の板戸の開《あ》け閉《た》てが悪いとぼやいたら、ちょいと見てやると云《い》ってね。かれこれ半刻だ……」

老亭主は苦笑した。

「へえ、納戸の板戸の開け閉てで半刻ってのは、仕事が丁寧《ていねい》なのか、遅いのか……」

半次は、首を捻《ひね》った。

「ま、遅いだろうな……」

半兵衛は茶を啜《すす》った。

「やっぱり、遅いですよね……」

半次は苦笑した。

「だが、出来上がりが良ければ、遅くても丁寧な仕事だ……」

半兵衛は笑った。

「父っつあん、終わったよ……」

若い大工が、道具箱を担《かつ》いで茶店の奥から店に出て来た。

「御苦労だったな。弥市《やいち》、此奴《こいつ》は手間賃《てまちん》だ」

老亭主は、弥市と呼んだ若い大工に紙に包んだ金を渡そうとした。

「父っつあん、手間賃はいらない。水を一杯くれ……」

「ああ……」

老亭主は、水を汲《く》んだ湯飲茶碗を弥市に渡した。

「じゃあ、直した板戸を見てきな……」

弥市は水を飲んだ。

「ああ……」

老亭主は、店の奥に入って行った。

弥市は、空になった湯飲茶碗を置き、道具箱を担いで、半兵衛たちに目礼《もくれい》をして足早に出て行った。

「あれ、本当に手間賃、要らないんですかね」

音次郎は戸惑った。

「きっとな……」

半次は頷《うなず》いた。

「いやあ、凄《すご》い、凄い。前よりずっと良くなっているよ。あれ……」

奥から機嫌良く出て来た老亭主は、弥市がいないのに気が付いた。

「帰ったぜ、若い大工……」

音次郎は告げた。

「帰った……」

老亭主は戸惑った。

「父っつあん。どうやら大工の弥市、遅くても丁寧な仕事振りのようだな」

半兵衛は笑った。

妻恋坂《つまごいざか》は明神下の通りから上がると妻恋稲荷《つまごいいなり》があり、三組町《みくみまち》の通りや妻恋町に続く坂道だ。

夜廻《よまわ》りの木戸番善八《ぜんぱち》は、甲高《かんだか》い拍子木《ひょうしぎ》の音を響かせながら妻恋坂の上にある妻恋稲荷に差し掛かった。

妻恋稲荷の暗い境内《けいだい》に人影が動いた。

「誰だい、誰かいるのかい……」

善八は、妻恋稲荷に提灯《ちょうちん》を差し出した。

刹那《せつな》、妻恋稲荷の暗い境内から頬被《ほっかむ》りをした男が現れ、善八を突き飛ばして妻恋坂を駆け下りた。

善八は、驚きの声をあげて尻餅《しりもち》をついた。

頬被りをした男は、妻恋坂を駆け下りて行った。

「何だ。あいつ……」

善八は、地面に落ちて燃え始めた提灯に気が付いた。

「ああ、あ……」

善八は、燃える提灯の火に照らされた妻恋稲荷の境内に男が倒れているのに気が付いた。

「えっ、どうしたんだい……」

善八は、倒れている男に這《は》い寄《よ》った。

男は頭から血を流し、眼をかっと瞠《みは》って死んでいた。

「し、死んでいる……」

善八は驚き、悲鳴を夜空に響かせた。


妻恋坂に漂っていた朝靄《あさもや》は消えた。

半兵衛は、音次郎と妻恋坂を足早に上がり、自身番の者と木戸番の善八が佇《たたず》んでいる妻恋稲荷の前に来た。

「おう。御苦労……」

「こりゃあ、白縫さま……」

自身番の者と木戸番の善八は、半兵衛を迎えた。

「仏は何処《どこ》だい……」

「はい。此方《こちら》です」

自身番の者は、半兵衛を妻恋稲荷の境内に誘《いざな》った。

妻恋稲荷の狭い境内では、半次が死体を検《あらた》めていた。

「おう。どうだ……」

「こりゃあ、旦那。仏さん、どうやら、此《こ》の石燈籠《いしどうろう》の土台に頭を激しく打ったようですね」

半次は、仏の頭の血塗《ちまみ》れの傷と石燈籠の土台に付いている血を示した。

「成《な》る程《ほど》。他に怪我は……」

「ありません」

「そうか。で、仏の名前と素性《すじょう》は……」

「自身番の店番によると、此の妻恋稲荷の裏の長屋に住んでいる蓑吉《みのきち》って博奕打《ばくちう》ちだそうです」

半次は報《しら》せた。

「博奕打ちの蓑吉か……」

「はい。懐《ふところ》には二朱入りの財布が残されていました」

「じゃあ、金目当ての強盗じゃあないか……」

「はい……」

「で、木戸番の善八さんが丑《うし》の刻八つ（午前二時）の夜廻りで妻恋坂を上がって来た時、頰被りをした男が妻恋稲荷から飛び出して来て、坂下の方へ逃げて行きましてね。その後、境内を見たら蓑吉が死んでいたそうです」

半次は告げた。

「そうか……」

「善八さんの話じゃあ、飛び出して行った男、頰被りで顔は良く見えなかったとか……」

「うむ。して、蓑吉の昨夜の足取りは分かっているのか……」

半兵衛は訊いた。

「そいつは未だですが、先《ま》ずは界隈《かいわい》の賭場《とば》を洗ってみますよ」

半次は、探索の方針を告げた。

「そうだな。賭場の揉《も》め事《ごと》か、恨《うら》み辛《つら》みか……」

半兵衛は苦笑した。

半次と音次郎は、妻恋稲荷近くの賭場の洗い出しを急いだ。

寺の家作《かさく》、旗本屋敷の中間《ちゆうげん》部屋……。

半次と音次郎は、知り合いの博奕打ちや伝手《つて》を頼って賭場に蓑吉がいたかどうか、調べ歩いた。だが、蓑吉が博奕を打っていた賭場が何処かは容易に突き止められなかった。

月番《つきばん》の北町奉行所には、多くの人が出入りしていた。

「おはよう……」

半兵衛は、同心詰所に入った。

「あっ、半兵衛さん……」

当番同心が安堵《あんど》の声を上げた。

「何だい。私は妻恋稲荷の殺しで御用繁多《はんた》だ」

半兵衛は、素早く先手を打った。

「はい。それを知っているから、早く用部屋に来いと、大久保さまのお言葉です」

当番同心は、負けずに告げた。

「来たか、半兵衛……」

文机《ふづくえ》に向かっていた大久保忠左衛門は筆を置き、細く筋張った首を伸ばしながら振り返った。

「はい。して、御用とは……」

半兵衛は、忠左衛門に怪訝《けげん》な眼を向けた。

「うむ、他でもない。昨夜遅く、妻恋坂に屋敷のある旗本島田《しまだ》家の中間が妻恋稲荷で揉み合う人影を見たと、用人《ようにん》の大竹《おおたけ》どのに届け出たそうだ」

忠左衛門は、細い首の筋を伸ばした。

「妻恋稲荷で揉み合う人影……」

半兵衛は眉をひそめた。

「左様《さよう》。旗本島田家用人の大竹伝八郎《でんぱちろう》どのは儂《わし》の竹馬《ちくば》の友でな。うん……」

忠左衛門は、細い筋張った首で頷いた。

「大久保さま、急ぎ大竹伝八郎さまに逢ってみます。では御免《ごめん》……」

半兵衛は一礼し、早々に忠左衛門の用部屋を後にした。

神田明神境内は参拝客で賑わっていた。

半次と音次郎は、境内の隅の茶店で茶を飲んでいた。

「蓑吉の足取り、掴めませんねえ」

「ああ……」

「蓑吉、昨夜は賭場に行かなかったのかな」

音次郎は、首を捻った。

「博奕打ちにそいつはないさ……」

「だったら……」

音次郎は首を捻った。

「音次郎……」

半次は参道を示した。

派手な半纏《はんてん》を着た男が、参拝客の間を軽い足取りでやって来た。

「博奕打ちですか……」

「ああ。紋次《もんじ》って野郎だ……」

半次は、通り過ぎて行く紋次を追った。

音次郎は続いた。

博奕打ちの紋次は、神田明神の裏門を出ようとした。

「おう、紋次……」

半次は呼び止めた。

「えっ……」

博奕打ちの紋次は、怪訝な面持ちで振り返った。

「久し振りだな……」

半次は笑い掛けた。

「こりゃあ、半次の親分……」

紋次は、僅《わず》かに狼狽《うろた》えた。

「ちょいと訊きたい事がある……」

半次は、笑いながら紋次の肩に手を廻した。

「は、はい。親分、あっしはちょいと先を急いでいますんで……」

紋次は、何とか逃《のが》れようとした。

「だったら紋次、聞かれた事にさっさと答えるんだな」

半次は、紋次の肩に廻した手に力を込めた。

「は、はい……」

紋次は観念した。

「博奕打ちの蓑吉、知っているな……」

　半次は尋ねた。

「え、ええ……」

「昨夜、賭場で逢わなかったかな……」

「逢いましたぜ……」

　紋次は頷いた。

「親分……」

　音次郎は、眼を輝かせた。

「何処の賭場で逢ったんだ……」

「谷中の昌福寺《しょうふくじ》って寺の賭場で逢いましたよ」

「谷中の昌福寺……」

「はい。八軒町《はちけんちょう》の友蔵《ともぞう》の貸元《かしもと》の賭場です……」

　紋次は告げた。

「八軒町の友蔵か……」

「はい……」

「で、紋次。蓑吉は誰かと一緒だったかな」

「はい。お店《たな》の旦那風の男と一緒でしたよ」

「お店の旦那風の男……」

「ええ……」

「旦那のお供かな……」

「いえ。旦那も遊び慣れているようでしてね。連れって感じでしたよ」

「そうか……」

「半次の親分。蓑吉の野郎、何かしたんですかい……」

紋次は眉をひそめた。

「蓑吉、昨夜、殺されたよ」

半次は、紋次の反応を見ながら告げた。

「殺された、蓑吉が……」

紋次は驚き、素《す》っ頓狂《とんきよう》な声を上げた。

「ああ。紋次、蓑吉を殺した奴に心当たりはないかな……」

「心当たり……」

紋次は首を捻った。

「ああ、ないかな……」

「さあ。蓑吉を恨んでいる奴は、いろいろ大勢いますからね」

紋次は、浮かぶ笑みを隠しはしなかった。

「いろいろ大勢いるか……」

半次は苦笑した。

「ええ。近頃は、職人の親方を博奕の鴨《かも》にしているって噂《うわさ》ですぜ」

「職人の親方、何処の誰だ……」

「さあて、何処の誰か迄《まで》は……」

紋次は笑った。

「分からないか……」

「はい。半次の親分、そろそろ……」

紋次は、解放を願った。

「よし。紋次、蓑吉の事で何か分かったり、思い出したら直《す》ぐ報せるんだぜ。いいな」

半次は、紋次を厳しく見据え、云い聞かせて解放した。

「親分、谷中の昌福寺ですか……」

音次郎は、次の行き先を読んだ。

「ああ。八軒町の友蔵だ……」
半次は頷き、明神下の通りに向かった。
妻恋稲荷は妻恋坂を上がった処《ところ》にあり、向かい側には旗本屋敷が連なってい
た。
旗本島田弾正《だんじょう》の屋敷は、妻恋稲荷の坂道を挟んだ向かい側にあった。
半兵衛は、島田屋敷を訪れ、用人の大竹伝八郎に面会を求めた。
用人の大竹伝八郎は、中間を従えて表門前にやって来た。
「おお、おぬしが忠左衛門の右腕の白縫半兵衛どのか。私は忠左衛門の竹馬の友
の大竹伝八郎だ……」
大竹伝八郎は猪首《いくび》小太りで、忠左衛門とは真逆の体形の男だった。
「畏《おそ》れ入ります。白縫半兵衛です。して、大竹さま。御家中の方が妻恋稲荷で揉
み合っている人影を見たとか……」
半兵衛は訊いた。
「うむ。宿直《とのい》の中間が中間長屋の武者窓《むしやまど》から見たそうだ。太助《たすけ》……」
大竹は、控えていた中間の太助を呼んだ。

太助は、実直そうな若い中間だった。

「北町奉行所の白縫半兵衛どのだ。見た事を話すが良い」

「はい……」

太助は、半兵衛に語り始めた。

「丑の刻八つ頃ですか、男の怒鳴り声がしたので窓を覗いたら、湯島天神の方から男が走って来て、妻恋稲荷の境内に隠れたんです。そして、別の男が追って来て、妻恋坂を逃げて行く人影が見えないので、妻恋稲荷に隠れたと見定めたようで……」

太助は喉を鳴らした。

「うむ。して……」

半兵衛は先を促《うなが》した。

「はい。追って来た男は、弥七《やしち》と云いながら妻恋稲荷の境内に入って行きました」

「弥七、追って来た男は弥七と云ったんだね」

半兵衛は念を押した。

「はい、弥七と。間違いありません」

太助は頷いた。

「で、その後は……」

「しばらく揉み合っていましたが、すぐに静かになりました」

「静かになったか……」

「はい。で、夜廻りの木戸番が妻恋坂を上がって来たんです」

太助は告げた。

そして男が逃げて、夜廻りの木戸番が蓑吉の死体を見付けた。

中間の太助の証言によれば、妻恋稲荷に逃げ込んだ男は弥七であり、追って来たのが蓑吉となる。

蓑吉は、弥七を追って来て殺された。

殺《や》ったのは弥七と云う男……。

半兵衛は知った。

「どうだ、白縫どの。太助の証言、役に立つかな……」

「そりゃあもう、大助かりです。大竹さま、太助、此の通り、礼を申します」

半兵衛は、大竹と太助に深々と頭を下げた。

谷中は天王寺を中心に賑わっていた。

「此処《ここ》ですね。昌福寺……」

半次と音次郎は、古寺の昌福寺を眺めた。

昌福寺の境内は、掃除も満足にされていなかった。

「住職が酒浸《さけびた》りで、檀家《だんか》は勿論《もちろん》、寺男も逃げ出したそうですぜ」

音次郎は呆れた。

「で、八軒町の友蔵に寺を賭場に貸して寺銭《てらせん》を貰い、酒代にしているか……」

半次は読んだ。

「罰当《ばちあ》たりな生臭《なまぐさ》坊主ですね……」

音次郎は、吐《は》き棄《す》てた。

「よし。貸元の友蔵の家に行くよ」

半次は苦笑した。


博奕打ちの貸元友蔵の家は、谷中八軒町にあった。

半次と音次郎は、友蔵の家を訪れた。

友蔵は、半次と音次郎を座敷に通した。

「で、半次の親分さん、御用とは……」

貸元の友蔵は、半次に警戒の眼を向けた。

「そいつなんだが、昨夜、昌福寺の賭場に博奕打ちの蓑吉が来たな」

半次は尋ねた。

「え、ええ。来ていましたよ……」

友蔵は、その眼に狡猾《こうかつ》さを浮かべて頷いた。

「誰かと一緒だったかな……」

「誰かと。そう云えば、お店の旦那風のお客と親しく喋《しゃべ》っていたけど、そのお客かな……」

友蔵は首を捻った。

「じゃあ、何処の誰か知らないのか……」

半次は尋ねた。

「ええ。ですが、あっしが知らなくても、組の者が知っているかもしれませんぜ……」

友蔵は、博奕打ちの兼吉《かねきち》を呼んだ。

「貸元、何か……」

兼吉は、怪訝な面持ちでやって来た。

「うん。兼吉、昨夜、蓑吉が親し気に喋っていたお店の旦那風の男、何処の誰か知っているか……」

「ああ。あの旦那なら建具屋《たてぐや》の親方ですよ」

兼吉は告げた。

「建具屋の親方……」

「ええ。建具屋山城屋《やましろや》の藤吉《とうきち》の親方です」

「山城屋の親方の藤吉……」

半次は眉をひそめた。

「ええ。尤《もっと》も去年、先代が亡くなり、お嬢さんの婿《むこ》になって跡目《あとめ》を継いだ職人でしてね。ま、逆玉《ぎゃくたま》の輿《こし》って奴ですよ」

兼吉は笑った。

「逆玉の輿か……」

半次は呟《つぶや》いた。

「親分、建具屋の親方、蓑吉と親しいなんて、胡散臭《うさんくさ》い野郎ですね」

音次郎は眉をひそめた。

半次は頷いた。

「ああ……」

二

囲炉裏《いろり》に掛けられた鍋は、湯気を噴《ふ》き上げて蓋《ふた》を鳴らした。

「さあ、出来ましたよ。旦那、親分……」

音次郎は、嬉《うれ》し気に告げた。

「おう……」

半兵衛と半次は、酒を啜っていた。

音次郎は、湯気の立つ鳥鍋を椀《わん》に取り分け始めた。

「して、半次。昨夜、蓑吉は谷中の賭場で山城屋と云う建具屋の親方の藤吉と一緒だったのだな……」

半兵衛は、半次に念を押した。

「はい。建具屋山城屋藤吉、何でも先代が亡くなり、残された一人娘の婿に納まって山城屋の親方になったそうで。逆玉の輿って奴ですよ」

「ほう。山城屋藤吉、そう云う親方なのか……」

半兵衛は酒を飲んだ。

「はい……」

半次は頷いた。

「旦那、親分……」

音次郎は、椀に取り分けた鳥鍋を半兵衛と半次に差し出した。

「おう。済まないね」

「いいえ……」

音次郎は、丼飯に鳥鍋の汁を掛け始めた。

「で、旦那は……」

「うむ。大久保さまの竹馬の友が妻恋稲荷の向かいの旗本屋敷で用人をしていてな。蓑吉が弥七って奴を追って妻恋稲荷の境内に入って行くのを、宿直の中間が見ていたと、報せてくれてね」

半兵衛は告げた。

「へえ、大久保さまの竹馬の友ですか……」

「うむ。猪首小太りの方でな。似た処のまったくない竹馬の友だよ……」

半兵衛は苦笑した。

「それはそれは。ですが、殺された蓑吉は弥七って奴を追っていたんですね」

「うん。弥七、何処かで聞いた覚えのある名前だ……」

半兵衛は苦笑した。

「藤吉じゃありませんか……」

半次は、微《かす》かな戸惑いを過《よ》ぎらせた。

「うむ。蓑吉、谷中の賭場には建具屋の親方の藤吉と行き、夜中には弥七って奴と一緒にいたか……」

半兵衛は、酒を啜りながら読んだ。

「ええ。そうなりますね……」

半次は、鳥鍋を食べて酒を飲んだ。

「よし。明日、建具屋山城屋の親方の藤吉に逢いに行ってみるか……」

「はい。ひょっとしたら、藤吉の身近に弥七って奴がいるかもしれませんしね」

半次は頷いた。

「うむ……」

半兵衛は頷き、酒を飲んだ。

鳥鍋は、囲炉裏の火の上で音を鳴らし続けた。

建具屋『山城屋』は、神田佐久間町《かんださくまちよう》二丁目、神田川に架かっている和泉橋《いずみばし》の北詰《きたづめ》にあった。

半兵衛は、和泉橋の袂《たもと》から建具屋『山城屋』を眺めた。

建具屋『山城屋』は店の隣に作業場があり、様々な戸や扉、襖《ふすま》、障子などの建具を作っていた。

半兵衛は、作業場で忙しく働いている建具職人たちを眺めた。

「旦那……」

半次と音次郎が戻って来た。

「どうだ。山城屋の評判は……」

「三代続いた建具屋で大工大惣《だいそう》や大工大喜《だいき》などの仕事もしていましてね。評判は良いです」

半次は、聞き込んで来た事を報せた。

「そうか。で、三代目の親方の藤吉はどうだ」

半兵衛は尋ねた。

「藤吉、若いが腕の良い建具師だそうですが、去年、山城屋の二代目が亡くなり、残された娘の入り婿になって三代目になったばかりで、未だ遊び癖が抜けていないとか……」

半次は、小さな笑みを浮かべた。

「じゃあ、博奕打ちの蓑吉と一緒にいても不思議じゃあないか……」

半兵衛は読んだ。

「ええ……」

半次は頷いた。

「よし。じゃあ、私と半次が藤吉に逢う。音次郎は、私たちが山城屋を訪れた後、出掛ける者がいたら、追って行き先を突き止めろ」

半兵衛は命じた。

「合点《がってん》です」

音次郎は頷いた。

「よし。じゃあ半次、行くよ」

半兵衛は、半次を伴って建具屋『山城屋』に向かった。

音次郎は見送り、素早く物陰に入った。

　建具屋『山城屋』は、三代目の藤吉と家付き娘でお内儀のおふみ、老番頭の仁《に》兵衛《へえ》によって営《いとな》まれていた。

　店の実権は婿の藤吉が握っており、家付き娘でお内儀のおふみは病勝《が》ちで奥に引っ込み、滅多に店に出る事はなかった。

　番頭の仁兵衛は、半兵衛と半次を座敷に案内した。

「お待たせ致しました。山城屋主《あるじ》の藤吉にございます」

　藤吉が現れ、半兵衛と半次に挨拶をした。

「私は北町奉行所同心の白縫半兵衛。こっちは、本湊の半次だ……」

　半兵衛は、己の名を告げ、半次を引き合わせた。

「はい。それで白縫さま、御用とは……」

「うむ。他でもない藤吉、お前、一昨日の晩、博奕打ちの蓑吉と谷中は昌福寺の賭場に行ったな」

　半兵衛は笑い掛けた。

「は、はい……」

　藤吉は、戸惑いを浮かべて頷いた。

「して、蓑吉とは、いつ何処で別れたのかな」

半兵衛は尋ねた。

「はい。蓑吉とは昌福寺の賭場を亥《い》の刻四つ（午後十時）に出て、上野元黒門町の小料理屋でちょいと酒を飲んで別れましたが……」

藤吉は、思い出すように告げた。

「亥の刻四つ、谷中を出て上野元黒門町の小料理屋か……」

「はい……」

「小料理屋の名は何ですかい……」

半次は訊いた。

「池《いけ》ノ家《や》です」

「池ノ家、馴染《なじみ》ですかい……」

半次は笑った。

「ええ。で、旦那、親分、何か……」

藤吉は眉をひそめた。

「うん。一昨日の晩に妻恋稲荷の境内で博奕打ちの蓑吉、殺されてね……」

半兵衛は、藤吉の反応を見定めるように伝えた。

「えっ、蓑吉が殺された……」

藤吉は驚いた。

「ああ……」

半兵衛は、藤吉を見据えて頷いた。

「そうですか、蓑吉が殺されたんですか……」

藤吉は、僅かに声を震わせた。

「ああ。で、蓑吉が殺された事に心当たりはないかな……」

「心当たりですか……」

「ああ……」

「さあ。蓑吉とは賭場で遊ぶ時だけの付き合いですから、良く分からないものでして、心当たりなどは……」

藤吉は首を捻った。

「ないか……」

半兵衛は読んだ。

「えっ、ええ……」

藤吉は頷いた。

「本当に……」

半兵衛は、藤吉に笑い掛けた。

「は、はい。そりゃあもう……」

藤吉は、微かに狼狽えながらも頷いた。

「そうか……」

半兵衛は、笑みを浮かべて頷いた。

「じゃあ、藤吉さん。弥七って男を知らないかな……」

半次は尋ねた。

「弥七……」

「ええ……」

「知りませんが、その弥七って男が蓑吉殺しに拘《かか》わりがあるんですか……」

藤吉は、半次に探る眼を向けた。

「いや。その辺りは未だ分からないんだがね」

「そうですか……」

半次は苦笑した。

藤吉は、肩を落とした。

「じゃあ旦那、そろそろ……」

「うん、邪魔をしたね。処で藤吉、山城屋は先代の義十《ぎじゅう》が病で亡くなり、お前が娘のおふみの婿になって三代目を継いだんだね」

半兵衛は訊いた。

「は、はい。左様《さよう》にございます」

藤吉は頷いた。

「それ迄、お前は先代義十の古い弟子として働いていたか……」

「はい。親類の方々の御推挙もありまして……」

「そうか。そいつは良かったな……」

半兵衛は、藤吉に笑みを残して座敷を出た。

半次が続いた。

「あっ。御苦労さまにございました」

藤吉は、慌てて見送りに立った。

半兵衛と半次は、藤吉と番頭の仁兵衛に見送られて建具屋『山城屋』を出た。

半兵衛と半次は、通りの辻を曲がって立ち止まった。

半次は、通りの辻から建具屋『山城屋』を窺《うかが》った。

藤吉と番頭の仁兵衛は、店に戻って行った。

音次郎がやって来た。

「誰も出て行きませんでしたよ」

音次郎は告げた。

「そうか。よし、音次郎、此《これ》から藤吉が動くだろう。眼を離すんじゃあないぞ」

半兵衛は命じた。

「はい……」

音次郎は頷いた。

「旦那……」

半次は眉をひそめた。

「半次、建具屋山城屋にはいろいろありそうだな……」

半兵衛は、笑みを浮かべて建具屋『山城屋』を眺めた。


不忍池中之島弁財天には、多くの参拝客が行き交っていた。

半兵衛と半次は、不忍池の畔の上野元黒門町に小料理屋『池ノ家』を探した。

「旦那、あそこですね」

半次は、女将《おかみ》が戸口に暖簾《のれん》を掛けている小料理屋を示した。

掛けられた暖簾には、『池ノ家』と染め抜かれていた。

「やあ……」

半兵衛と半次は、戸口に暖簾を掛けて掃除をしている女将に近寄った。

「池ノ家の女将さんだね……」

半次は声を掛けた。

「は、はい……」

女将は、半次と巻羽織の半兵衛を見て怪訝な面持ちで頷いた。

「ちょいと訊きたい事があってね」

半兵衛は進み出た。

「は、はい……」

女将は、緊張を過《よ》ぎらせた。

「ええ。一昨日の夜遅く、佐久間町の山城屋の藤吉さん、お見えでしたよ」

女将は頷いた。

「その時、誰かと一緒じゃあなかったかな」

半次は訊いた。

「は、はい。蓑吉さんって博奕打ちと一緒でしたけど……」

「蓑吉ね……」

藤吉の証言通りだった。

「ええ。何処かの賭場の帰りだったと思いますよ」

「そうか。で、藤吉と蓑吉、どのくらいいたのかな……」

半兵衛は尋ねた。

「半刻ぐらいですか……」

「半刻ねえ。藤吉と蓑吉、どんな話をしていたのかな……」

「さあ、博奕や女の事ですか……」

女将は苦笑した。

「誰かと揉めているとか、狙われているとかって話はしていなかったかな」

半兵衛は訊いた。

「ええ。していなかったと思いますよ。笑いながら話していましたから……」

女将は、怪訝な面持ちで告げた。

「じゃあ、二人の話に弥七って名前は出て来なかったかな」

「弥七ですか……」

「ああ……」

「出て来なかったと思いますよ……」

「そうか……」

半次は頷いた。

「して、半刻ぐらいで帰ったんだね」

「はい。先ずは山城屋の藤吉さんが帰り、続いて蓑吉さんが……」

「帰ったかい……」

「はい。で、そろそろ店仕舞いにしようと思い、見送りがてら暖簾を仕舞おうと表に出たんですがね……」

女将は眉をひそめた。

「蓑吉、どうかしたのか……」

「いえ。蓑吉さんの後を尾行《つけ》て行く男の人がいましてね」

「蓑吉を尾行て行く男……」

半兵衛は眉をひそめた。

「旦那、弥七じゃあ……」

「女将さん、蓑吉を尾行て行った野郎、どんな奴だった……」

半次は尋ねた。

「さあ。夜更けの後ろ姿ですよ。男ってぐらいしか分かりませんよ」

女将は苦笑した。

「旦那……」

「おそらく、弥七だろうな……」

半兵衛は頷いた。

何《いず》れにしろ、博奕打ちの蓑吉は、上野元黒門町の小料理屋『池ノ家』で建具屋『山城屋』の藤吉と別れた。その後、弥七が現れ、蓑吉を尾行たのだ。

そして、蓑吉は丑の刻八つに妻恋稲荷で弥七に殺された。

その間、蓑吉と弥七は、何処で何をしていたのか……。

半兵衛と半次は読んだ。

「弥七ですか……」

「ああ……」

「何だか、影のような男ですね……」

半次は、吐息を洩らした。

「ああ……」

半兵衛は頷いた。

神田川には櫓《ろ》の軋《きし》みが響いていた。

音次郎は、神田川に架かっている和泉橋の袂から建具屋『山城屋』を見張った。

旦那の藤吉が、番頭の仁兵衛に見送られて建具屋『山城屋』から出て来た。

藤吉が出掛ける……。

音次郎は見守った。

藤吉は、神田川沿いの道を筋違《すじかい》御門に向かっていた。

音次郎は、和泉橋の袂を出て藤吉を追った。

藤吉は、筋違御門前から昌平橋に進み、明神下の通りを神田明神に進んだ。

神田明神門前町の盛り場は、連なる飲み屋が暖簾を掲げ始めていた。

藤吉は、飲み屋の連なる路地奥にある小さな店に入った。

音次郎は走り、小さな店の戸口に張り付いて店内を窺った。

小さな店の中には、藤吉と粋《いき》な形《なり》の年増の女将がいた。

「えっ、蓑吉さんが殺されたのかい……」

年増の女将は驚いた。

「ああ……」

藤吉は頷いた。

「蓑吉が殺されただと……」

着流しの痩《や》せた浪人が、二階に続く狭い階段から下りて来た。

「ああ。一昨日の夜遅く、妻恋稲荷でな……」

「誰にだ……」

着流しの痩せた浪人は、藤吉に訊いた。

「塚田《つかだ》の旦那、そいつをお前さんに突き止めて貰おうと思いましてね……」

藤吉は苦笑した。

「蓑吉を殺した野郎、次はお前を狙っているのかな……」

塚田と呼ばれた着流しの痩せた浪人は、嘲《あざけ》りを浮かべた。

「ひょっとしたら……」

藤吉は頷いた。

「だとしたら、建具屋山城屋に拘わりがあっての事か……」

塚田は読んだ。

「ああ……」

藤吉は苦笑した。

「捜す手掛かり、何かあるのか……」

「北町の同心が弥七って野郎を知らないかと訊いて来た」

「弥七……」

「うん……」

「心当たりあるのか……」

「おふみの幼馴染《おさななじ》みに弥市とか弥七とか云う奴がいた筈《はず》だ」

「そいつかもしれないか……」

「ああ。以前、湯島天神門前の飲み屋で見掛けた事がある」

「素性は……」

「先代の義十の親方と知り合いの大工、その伜だと聞いている」

「先代の知り合いの大工、名は……」

「そいつが分からないのだが、確か大喜の大工だったと思う。取《と》り敢《あ》えず……」

藤吉は、懐紙《かいし》に包んだ五枚の小判を塚田に差し出した。

「そうか。よし、分かった。捜してみる……」

塚田は、五両の紙包みを握り締めた。

「宜しく頼むぜ」

藤吉は笑った。


音次郎は、戸口の傍から素早く離れた。

小さな店から藤吉が現れ、神田明神の門前町から明神下の通りに向かった。

建具屋『山城屋』に帰るのか、それとも他の何処かに行くのか……。

音次郎は追った。


藤吉は、明神下の通りから不忍池に抜けて畔を茅町二丁目に出た。

音次郎は尾行た。

藤吉は、茅町二丁目にある板塀に囲まれた家の前に佇み、鋭い眼差しで辺りを見廻した。そして、不審がないと見定め、板塀の木戸門を潜った。

音次郎は、木立の陰から見届けた。

さあて、藤吉が秘かに囲っている妾《めかけ》の家なのか……。

音次郎は、茅町二丁目の自身番に走った。

不忍池には水鳥が遊んでいた。

三

建具屋『山城屋』の作業場では、数人の建具師たちが板戸や窓、襖や障子を作っていた。

半兵衛と半次は、神田川に架かっている和泉橋の袂から建具屋『山城屋』を眺めた。

「音次郎がいない処をみると、旦那の藤吉は出掛けていますか……」

半次は読んだ。

「うむ……」

半兵衛は、作業場で働く職人たちを眺めながら頷いた。

「弥七、あの職人たちの中にはいないんでしょうね」

「ま、いないだろうね」

半兵衛は苦笑した。

建具屋『山城屋』の店から、大工『大惣』の印半纏《しるしばんてん》を着た中年の男が番頭の仁兵衛に見送られて出て来た。

「旦那、大工大惣の吉次《きちじ》の棟梁《とうりょう》ですぜ」

半次は、大工『大惣』の印半纏を着た中年の男が知り合いの棟梁吉次だと気が付いた。

「うん。ちょいと呼び止めな」

半兵衛は命じた。

「はい……」

半次は、吉次の許《もと》に走った。


「こりゃあ、白縫さま……」

半次に伴われて来た大工『大惣』の棟梁の吉次は、笑顔で半兵衛に挨拶をした。

「やあ、吉次の棟梁。いつぞやは世話になったね」

半兵衛は迎えた。

「いいえ……」

「今日は山城屋に建具の打ち合わせかい……」

「ええ。三河町の普請場《ふしんば》の……」

「そうか。処で吉次、山城屋の職人に弥七って名前の奴はいないかな」

半兵衛は訊いた。

「弥七ですか……」

「うん。職人だけじゃなく、店の奉公人でもいいんだが……」

「さあて、いなかったと思いますよ。弥七なんて名前の奴は……」

吉次は、首を捻った。

「そうか。いないか……」

「ええ……」

「で、吉次の棟梁。山城屋、どんな様子だい」

半次は尋ねた。

「どんな様子って……」

吉次は、戸惑いを滲《にじ》ませた。

「二代目の義十の親方から三代目の藤吉になって変わった事はないかな……」

「半次の親分、そいつはいろいろありますよ」

吉次は苦笑した。

「いろいろある……」

半次は眉をひそめた。

「吉次、そのいろいろってのを教えて貰おうか……」

半兵衛は笑い掛けた。

「はい。先ずは品物の出来が……」

「悪くなったか……」

半兵衛は読んだ。

「ま、悪くなったと云うか、気遣いがなくなりましてね」

「気遣いがなくなった……」

「はい。細やかさや丁寧さがねえ……」

「他には……」

「義十の親方の時はなかった怒鳴り声が仕事場に響くようになりましたよ」

「成る程。そいつに関してお内儀のおふみはどう云っているのかな」

「それが、おふみさんは今、身体の具合が悪いってんで、養生《ようじよう》に行っていて、山城屋にはいないそうですよ」

吉次は眉をひそめた。

「身体の具合が悪いって、病なのかな……」

「らしいですよ。義十の親方が急な病で亡くなり、いろいろありましたからね……」

吉次は、おふみに同情した。

「いろいろねえ……」

「ええ。山城屋の跡目の事なんかですよ」

「おふみ、藤吉をどう思っていたのかな……」

「そりゃあ、父親の義十の親方の片腕と云われていた男ですから、決して悪くは思っていなかった筈です。ですが、藤吉が婿に決まり、山城屋の三代目になると決まって一月《ひとつき》も経《た》たぬ内に身体の具合が悪くなった。ま、いざとなるといろいろあるんでしょうね」

吉次は苦笑した。

「で、お内儀のおふみが養生している処、知っているかな……」

半兵衛は尋ねた。

「さあ、そこ迄は……」

吉次は、申し訳なさそうに首を捻った。

「分からないか……」

半兵衛は苦笑した。

「はい……」

「いや。良く分かった。いろいろ助かったよ」

半兵衛は、吉次に笑い掛けた。

「お役に立てば何よりです。じゃあ、白縫さま、半次の親分。御免なすって……」

大工『大惣』の棟梁吉次は、夕暮れの町に立ち去って行った。

半兵衛は見送った。

「旦那……」

半次が、神田川沿いの道を示した。

建具屋『山城屋』主の藤吉が、足早に帰って来た。

「何処に行って来たんですかね」

半次は眉をひそめた。

「半次、そいつは音次郎に訊けば、分かるだろう」

半兵衛は、藤吉を追って神田川沿いの道を来る音次郎を示した。

「藤吉、塚田と云う浪人に弥七って男を捜すように頼んだのか……」

半次は眉をひそめた。

「はい。それから不忍池の畔、茅町二丁目にある板塀に囲まれた家に行きました」

音次郎は告げた。

「板塀に囲まれた家……」

半次は、戸惑いを過《よ》ぎらせた。

「誰の家だ……」

半兵衛は尋ねた。

「そいつが、自身番や木戸番に聞いたんですが、持ち主は建具屋山城屋でした」

音次郎は報せた。

「山城屋の持ち家か……」

半兵衛は眉をひそめた。

「はい。元々は先々代の旦那が妾を囲っていた家だそうでして……」

「で、今、誰かが住んでいるのか……」

「そいつなんですがね。留守番の老下男夫婦が住んでいるそうですが、時々、旦那やお内儀が泊まっているとか……」

「旦那やお内儀も泊まるのか……」

「はい……」

「で、藤吉はどのぐらい持ち家にいたのだ」

「半刻程ですか……」

「半刻か……」

半兵衛は眉をひそめた。

「はい……」

音次郎は頷いた。

「よし。半次、その山城屋の持ち家を見張り、詳しく調べてくれ」

「はい……」

「私と音次郎は、藤吉に頼まれて弥七を捜す塚田と申す浪人を追ってみる」

半兵衛は手配りをした。

神田明神門前の盛り場は、連なる店が明かりを灯《とも》し、酔客《すいきゃく》が行き交い始めていた。

半兵衛は、巻羽織を風呂敷に包んで腰に結び、音次郎と路地奥の小さな店に赴《おもむ》いた。

「あの奥の店です……」

音次郎は、奥の小さな店を示した。

「うん……」

半兵衛は、斜向《はすむ》かいの路地から小さな店を窺った。

小さな店は、客が空樽《あきだる》に腰掛けて酒を飲んでいた。そして、粋な形の年増の女将が、客の相手をしていた。

塚田らしい浪人はいない……。

「いないな……」

「はい。奥か二階にいるのかも……」

音次郎は眉をひそめた。

「よし。音次郎、向こうの辻で呼《よ》び子笛《こぶえ》を吹き鳴らしてみな」

半兵衛は命じた。

「合点です……」

音次郎は、楽し気な笑みを浮かべて辻に走り、姿を隠した。

そして、辻の向こうから呼び子笛の甲高い音が響き渡った。

半兵衛は、小さな店を窺った。

客の職人たちと粋な形の年増の女将が、店から出て来て呼び子笛の鳴り響く方を眺めた。

連なる飲み屋の客も出て来た。

小さな店から浪人の塚田が現れ、粋な形の年増の女将に近付いた。

塚田……。

半兵衛は、塚田に気が付いた。

塚田は、粋な形の年増の女将と言葉を交わした。

粋な形の年増の女将は、呼び子笛の音が聞こえた方を見ながら苦笑した。

呼び子笛の音は消えた。

騒ぎは終わった。

飲み屋の客たちは、それぞれの店に戻って行った。

塚田は、粋な形の年増の女将に何事かを告げて辻に向かった。

よし……。

半兵衛は、尾行《つけ》始めた。


塚田は、両側に飲み屋の連なる通りを進んだ。

半兵衛は尾行た。


「旦那……」

音次郎が、半兵衛の背後に現れた。

「御苦労さん、塚田だな……」

半兵衛は、先を行く浪人の塚田を示した。

「はい。あっしが先に行きます」

音次郎は、半兵衛の先に出た。

「うん……」

半兵衛は退《さ》がり、音次郎に続いた。

塚田は、神田明神門前町の盛り場に連なる飲み屋の男衆《おとこし》や酌婦《しゃくふ》に何事か尋ね歩いた。

音次郎は尾行た。

半兵衛は、塚田が何事か尋ねた男衆に近付いた。

「さっきの浪人、何を訊いたのかな……」

「弥七って野郎を知らねえかってね」

「弥七……」

「ああ。知らねえと云ったら行っちまったよ」

男衆は苦笑した。

「そうか。造作を掛けたな……」

半兵衛は、礼を云って音次郎に続いた。

塚田は、藤吉に頼まれて博奕打ちの蓑吉を殺した弥七を捜している……。

半兵衛は、塚田を尾行る音次郎を追った。

盛り場には、酔客の笑い声と酌婦の嬌声《きようせい》が響いた。

不忍池に月影が映えた。

半次は、建具屋『山城屋』の持ち家を窺った。

板塀に囲まれた家には、台所の他に居間にも明かりが灯されていた。

留守番の老下男夫婦だけなら、明かりは台所だけに灯される筈だ。それなのに居間にも明かりが灯されているのは、留守番の老下男夫婦の他にも誰かがいるのだ。

半次は読んだ。

誰なのか……。

よし……。

半次は、居間にいる誰かを見定めようと、板塀を乗り越えて忍び込んだ。

半次は、庭先に廻った。

居間の障子には、明かりが映えていた。

半次は、居間の縁側に忍び寄り、障子越しに中の様子を窺った。

居間には人の気配があり、微かに化粧水の匂いが鼻先を過《よ》ぎった。

女……。

半次は、居間にいる者が女だと睨《にら》んだ。

「おふみさま……」

老女の声が聞こえた。

「何ですか、おさだ……」

居間にいるおふみと呼ばれた女が返事をした。

「そろそろ休ませて頂きますが、御用はございませんか……」

「ええ。ありませんよ。どうぞ、お休みなさい……」

おふみは、おさだと云う老女に告げた。

「はい。じゃあ、休ませて頂きます」

おさだと呼ばれた老女は、立ち去って行った。

おふみはお内儀であり、おさだは留守番の老下男夫婦の女房……。

半次は睨んだ。

畳《たたみ》と根太板《ねだいた》が僅かに軋んだ。

おふみが立ち上がる……。

半次は、素早く縁側を下り、庭の植込みに隠れた。

居間の障子が開き、おふみが縁側に出て来た。

建具屋『山城屋』のお内儀おふみ……。

半次は、植込みの陰から見定めた。

おふみは、蒼白い月明かりに照らされて佇み、小さな吐息を洩らした。

患《わずら》い寝込んでいる様子は窺えない……。

半次は、開けられた障子の間から居間を見た。

居間の長火鉢の前には行燈《あんどん》が灯され、針箱や縫い掛けの着物があった。

お内儀のおふみは、縫物をしていたのだ。

病で養生などしていない……。

半次は知った。

おふみは、夜空に輝く月に手を合わせ、居間の雨戸を閉め始めた。

よし……。

半次は、小さな息を吐いて庭から出た。

魚が跳ねたのか、不忍池に波紋が広がった。

半次は、素早く木戸門を出て不忍池の畔の木陰に走り込んだ。

建具屋『山城屋』のお内儀おふみは、不忍池の畔の板塀を廻した家で老下男夫婦と暮らしていた。

山城屋は、お内儀おふみは病で養生していると云っているが、それは偽《いつわ》りなのだ。

おふみは、何故に建具屋『山城屋』を出て茅町の家で暮らしているのだ。

半次は、想いを巡らせた。

浪人の塚田は、神田明神から湯島天神の盛り場に移動し、〝弥七〟と云う名の男を捜し続けた。

音次郎と半兵衛は、塚田の名が清十郎《せいじゅうろう》だと知った。

浪人塚田清十郎は、大工と思われる印半纏を着た二人の男を呼び止めた。

音次郎と半兵衛は見守った。

「さっきも大工らしい酔っ払いに何か訊いていましたね」

音次郎は、首を捻った。

「うむ。捜している弥七ってのは、大工なのかもしれないな……」

半兵衛は読んだ。

不忍池に落葉が落ち、月明かりを浴びている水面に波紋を広げた。

半次は、不忍池の畔を来る男に気が付いた。

男は、菅笠《すげがさ》を被って前のめりに足早にやって来る。

山城屋の家に来るのか……。

半次は、微かな緊張を滲ませて見守った。

菅笠の男は、建具屋『山城屋』の板塀の木戸門の前で立ち止まり、周囲の暗がりを窺った。

半次は、木陰に身を隠した。

菅笠の男は、周囲の暗がりに異常はないと見定め、木戸門を入った。

誰だ……。

半次は、木戸門に忍び寄って中を窺った。

菅笠の男は、格子戸の前に座り込んでいた。

何をする気だ……。

半次は、戸惑いを浮かべた。

菅笠の男は、まるで寝ずの番でもするように格子戸の前にいる。

おふみを護っているのか……。

半次は読み、菅笠の男を見守った。

浪人の塚田清十郎は、神田明神と湯島天神の盛り場で〝弥七〟を捜した。だが、〝弥七〟はいなかった。

半兵衛と音次郎は尾行た。

塚田は、知り合いの浪人や博奕打ちと出逢い、酒を飲み始めた。

「旦那……」

音次郎は眉をひそめた。

「ああ。どうやら弥七捜し、今夜は此迄《これまで》のようだな……」

半兵衛は、仲間と酒を飲んでいる塚田を見て苦笑した。

盛り場に連なる飲み屋は、店仕舞いの刻が近付いて最後の賑わいを見せていた。


夜明けが近付いた。

不忍池の畔には、鳥の囀《さえず》りが響き始めた。

半次は、建具屋『山城屋』の持ち家を見張り続けた。

菅笠を被った男は、板塀の木戸門の内、格子戸の傍に忍び続けた。

何事もなく夜は明けた。

菅笠を被った男は、木戸門から出て来て辺りを見廻し、家に異常がないのを見定め、不忍池の畔を戻って行った。

よし……。

半次は、木陰を出て菅笠を被った男を追った。

不忍池に朝陽が差し込んだ。

菅笠を被った男は、不忍池の畔を北に進んで根津権現《ねづごんげん》に向かった。

半次は尾行た。

足取りに迷いや躊躇《ためら》いはなく、通い慣れた道を行く……。

半次は読んだ。

菅笠を被った男は、根津権現前の宮永町《みやながちよう》に入った。

半次は追った。

菅笠を被った男は、宮永町の外れの古い長屋の木戸を潜った。

半次は木戸に走り、古い長屋を窺った。

菅笠を被った男は、古い長屋の奥の家に入って腰高障子を閉めた。

半次は見届けた。

古い長屋の木戸には、『権現長屋』と薄れた文字で書かれた古い看板が掛かっていた。

権現長屋か……。

半次は、宮永町の自身番に急いだ。


「権現長屋の奥の家に住んでいる人ですか……」

宮永町の自身番の店番は、町内名簿を捲《めく》った。

「ああ。大工の弥市さんですね」

店番は、名簿を見ながら告げた。

「大工の弥市……」

半次は眉をひそめた。

四

「して、茅町の家には、留守番の老下男夫婦の他に誰が暮らしていたのだ……」

半兵衛は尋ねた。

「そいつが山城屋のお内儀のおふみさんがおりましたよ」

半次は告げた。

「やはり、病の養生か……」

「いいえ。仕立物《したてもの》をしていましたよ」

半次は苦笑した。

「仕立物……」

「ええ……」

半次は頷いた。

「そうか。病での養生は、店から出る口実、世間体を考えての事か……」

半兵衛は読んだ。

「きっと。それで、妙な野郎が来ましてね」

半次は、小さな笑みを浮かべた。

「妙な野郎……」

「はい。菅笠で顔を隠した野郎でしてね。家の前に座り込んで寝ずの番をしたんですよ」

「寝ずの番……」

半兵衛は、戸惑いを浮かべた。

「ええ。まるでお内儀のおふみを護るように……」

「して、どうした」

「夜明けに引き上げました」

「何処に……」

「根津権現は宮永町の権現長屋……」

「名前は……」

「弥市、大工だそうです」

「弥市……」

半兵衛は眉をひそめた。

「弥市と弥七、どうやら旗本屋敷の中間、聞き間違えたのかもしれませんね」

半次は読み、苦笑した。

「成る程、弥市と弥七か……」

聞き間違っても不思議はない……。

半兵衛は苦笑した。

「で、旦那の方は如何《いかが》でした」

半次は尋ねた。

「浪人の塚田清十郎、山城屋藤吉に頼まれて弥七って奴を捜し歩いていたよ」

「弥七ですか……」

「ああ。私から聞いての事だろう……」

半兵衛は苦笑した。

「博奕打ちの蓑吉と弥市、どうして揉めていたんですかね」

「うむ。そして、藤吉はどうして弥市を捜すのか……」

半兵衛は、小さな笑みを浮かべた。

「そいつは、建具屋の山城屋と何か拘わりがあるんですかね」

半次は、首を捻った。

「おそらくな……」

「で、どうします」

「うむ。半次は弥市、音次郎は塚田清十郎をそれぞれ見張ってくれ。私は山城屋のおふみに逢ってみるよ」

半兵衛は、手筈を決めた。

根津権現前宮永町にある権現長屋の男たちは、女房子供や母親に見送られて仕事に出掛けて行った。
弥市は、大工道具を担いで誰にも見送られずに権現長屋を出た。
仕事場に行く……。
半次は、弥市を追った。

浪人塚田清十郎は、神田明神門前の盛り場を出て神田川沿いの道を東に進んだ。
音次郎は、充分な距離を取って慎重に尾行た。
塚田は、弥七を捜している筈だ。
しかし、その足取りに迷いや躊躇いはなく、行き先の決まっているものだった。
弥七の居場所が分かったのか……。
音次郎は、微かな緊張を覚えた。
塚田は進んだ。
音次郎は、慎重に尾行た。

風が吹き抜け、不忍池に小波《さざなみ》が走った。

半兵衛は、不忍池の畔を来た。

行く手に板塀を廻した家が見えた。

あの家か……。

半兵衛は、板塀を廻した家を眺めた。

板塀を廻した家の前では、若い女が掃除をしていた。

建具屋山城屋のお内儀のおふみ……。

半兵衛は読んだ。


おふみは、落葉を掃き集めていた。

「やあ。建具屋山城屋のお内儀のおふみだね」

半兵衛は笑い掛けた。

「は、はい。山城屋のおふみにございます……」

おふみは、掃除の手を止め、巻羽織姿の半兵衛を見て戸惑いを浮かべた。

「私は北町奉行所の白縫半兵衛……」

「北の御番所の白縫さま……」

「うむ。ちょいと訊きたい事があってね」

「なんでしょうか……」

「うむ。博奕打ちの蓑吉、知っているね」

半兵衛は尋ねた。

「はい。蓑吉、殺されたそうですね……」

おふみは眉をひそめた。

「うむ。して、どう云う拘わりなのかな……」

「はい。蓑吉は私の父親、山城屋の二代目の義十と拘わりのあった女の人の息子を博奕に巻き込みまして……」

「借金でも背負わされたのか……」

「はい。昔、拘わりのあった女の人の息子さんの請《う》け人《にん》になって……」

おふみは告げた。

「その息子が博奕で借金を作ったのか……」

半兵衛は読んだ。

「はい。百両近い借金を。で、その息子の請《う》け人《にん》だった父はお金を工面《くめん》し、弟子の藤吉に始末させたのです。ですが、息子はそれからも時々……」

おふみは、悔しそうに顔を歪めた。

「博奕の借金の始末を持ち込んで来たか……」

半兵衛は読んだ。

「はい。その度に蓑吉が現れて……」

「蓑吉が……」

半兵衛は眉をひそめた。

「はい。そして去年、父は卒中で倒れ……」

「亡くなったか……」

「はい。それで親類が集まり、藤吉を私の婿にして山城屋の三代目にしたのです」

おふみは、微かな不満を滲ませた。

「だが、お前さんは山城屋を出て此の家に移った。そいつはどうしてかな……」

「私、知ったんです。藤吉が蓑吉と親しい仲なのを、ですから……」

おふみは、悔し気に顔を歪めた。

「藤吉が蓑吉と親しい仲だと、どうして知ったのかな……」

「幼馴染みが報せてくれたのです」

「幼馴染み……」

「はい……」

「幼馴染みってのは、弥市の事かな……」

半兵衛は読んだ。

「白縫さま……」

おふみは眉をひそめた。

「弥市は昨夜、お前さんを護ろうと、此処で寝ずの番をしていたそうだ……」

半兵衛は苦笑した。

「そうなのですか……」

おふみは、不忍池を眺めた。

不忍池は煌《きら》めいた。


浪人の塚田清十郎は、神田川に架かっている昌平橋を渡り、神田八ツ小路から柳原通《やなぎわらどお》りに進んだ。

音次郎は尾行た。

塚田は、玉池稲荷《たまいけいなり》傍の小泉町《こいずみちよう》の大工『大喜』の店に入った。

音次郎は、大工『大喜』の戸口に走った。

「建具屋山城屋の先代義十の親方と親しかった大工ですかい……」

大工『大喜』の老棟梁の喜作《きさく》は、眉をひそめた。

「うむ。知っているかな……」

塚田清十郎は訊いた。

「そりゃあ。ですが、そんな事を今頃聞いてどうするんですかい……」

喜作は訊き返した。

「うん。山城屋の三代目、藤吉の親方がその大工の伜も大工だと聞いて、先代と同じように一緒に仕事がしたいと云い出し、捜すように頼まれてね」

塚田は告げた。

「そうですか。山城屋の先代親方の義十さんと親しかった大工は弥平《やへい》さんって人でね。息子は弥市と云って、時々、うちでも働いて貰っていますぜ」

「弥市、弥七じゃあないのか……」

塚田は眉をひそめた。

「良く間違えられるんだが、弥市ですよ」

「そうか、弥市か。して、住まいは……」

「確か根津権現は宮永町の権現長屋ですよ」

老棟梁の喜作は告げた。

「根津権現は宮永町の権現長屋の弥市か……」

塚田は念を押し、老棟梁の喜作に礼を云って大工『大喜』を出た。

塚田清十郎は、大工『大喜』を出て柳原通りに向かった。

音次郎は、路地から現れて追った。

塚田は、弥七が弥市であり、根津権現前宮永町の権現長屋に住んでいると知った。

此から根津権現前宮永町に行くのか……。

音次郎は、塚田を尾行た。

不忍池の畔から下谷広小路を抜け、御徒町《おかちまち》の組屋敷街を通って南に進むと、神田佐久間町の建具屋『山城屋』に出る。

弥市は、神田川北側の道に出て和泉橋の袂に佇んだ。

半次は、物陰から弥市を見張った。

弥市は、建具屋『山城屋』の様子を窺った。

建具屋『山城屋』の作業場では、職人たちが戸や扉などの建具を作っていた。

弥市は、職人たちの中に親方の藤吉はいないと見定め、菅笠を目深《まぶか》に被り、建具屋『山城屋』を見張り始めた。

見張る……。

半次は、弥市が見張りの態勢に入ったのを知った。

建具屋『山城屋』では、職人たちが作業場で忙しく仕事をしており、番頭の仁兵衛は訪れた客の相手をしていた。

半次は、建具屋『山城屋』を見張る弥市を見守った。

浪人が、柳原通りから神田川に架かっている和泉橋を渡って来た。

弥市は、和泉橋の袂に背を向けて佇み、菅笠を目深に被った。

浪人は、弥市を一瞥《いちべつ》して和泉橋から建具屋『山城屋』に入って行った。

弥市は、菅笠を上げて厳しい面持ちで見送った。知っている浪人なのか……。

半次は眉をひそめた。

「親分……」

音次郎が駆け寄って来た。

「おう。今の浪人を追って来たのか……」

「はい。塚田清十郎です……」

「やっぱり……」

半次は頷いた。

「親分は、和泉橋の袂にいる菅笠ですか……」

音次郎は、和泉橋の袂に佇む弥市を示した。

「ああ。弥市だ……」

半次は頷いた。

「弥市……」

音次郎は、緊張を浮かべた。

「うん。塚田清十郎は、藤吉の処に来てどうするのか。で、弥市はどう出るのか……」

「ええ……」

半次は、建具屋『山城屋』を見張っている弥市を見詰めた。

僅かな刻が過ぎた。

藤吉と塚田清十郎が、建具屋『山城屋』から出て来た。

「親分……」

「ああ……」

半次と音次郎は、弥市の出方を窺った。

藤吉と塚田は、御徒町の通りを北に進んだ。

弥市は、菅笠を目深に被って追った。

「追うよ……」

「合点です」

半次と音次郎は、藤吉と塚田を尾行る弥市を追った。


御徒町の通りの左右には、小旗本や御家人の組屋敷が連なっていた。

藤吉と塚田は、通りを北に進み、忍川《しのぶがわ》を渡って西に曲がった。

忍川は不忍池からの流れであり、西に曲がって進むと下谷広小路に出る。

藤吉と塚田は進んだ。

弥市は、慎重に尾行た。

「藤吉と塚田、何処に行くんですかね……」

音次郎は、首を捻った。

「ひょっとしたら、根津権現前の宮永町の権現長屋かな……」

「えっ……」

音次郎は戸惑った。

「弥市を片付けにな……」

半次は読んだ。


不忍池に落葉が舞い散り、波紋が小さく広がった。

藤吉と塚田は、不忍池の畔を進んだ。

「親分。こりゃあ、やっぱり行き先は……」

音次郎は、喉を鳴らした。

「ああ、権現長屋だ。弥市がどうするか……」

半次は眉をひそめた。

不忍池から水鳥が飛び立ち、水飛沫《みずしぶき》が煌めいた。

次の瞬間、弥市は地を蹴った。

「音次郎……」

半次は走った。

音次郎が続いた。

弥市は、匕首《あいくち》を抜いて藤吉に飛び掛かった。

藤吉は、恐怖に顔を歪めた。

刹那、塚田が抜き打ちの一刀を放った。

弥市は、咄嗟《とっさ》に転がって躱《かわ》した。

だが、胸元を斬られ、血が流れた。

「手前が弥市か……」

藤吉は、怒りに声を震わせた。

「藤吉、お前が博奕打ちの蓑吉と結託《けったく》して、義十の親方を苦しめ、山城屋を乗っ取ったのは分かっているんだ」

弥市は、倒れたまま声を震わせた。

「煩《うるさ》い。塚田さん……」

藤吉は、塚田を促した。

「うむ……」

塚田は、残忍な笑みを浮かべて弥市に刀を突き付けた。

弥市は、死を覚悟して必死に藤吉を睨み付けた。

呼び子笛が鳴り響いた。

藤吉と塚田は怯んだ。

半次と音次郎が現れ、倒れている弥市を庇《かば》った。

「昼日中に何の真似だ……」

半次は、十手を構えて怒鳴った。

「こいつが俺を殺そうとしたんだ」

藤吉は、弥市を指差して声を震わせた。

「退《ど》け。下郎……」

塚田は、嘲笑《ちょうしょう》を浮かべて半次に迫った。

半次は、十手を構えた。

「そこ迄だ。塚田清十郎……」

半兵衛が現れた。

塚田は怯んだ。

「し、白縫さま……」

藤吉は狼狽えた。

「やあ、藤吉。おふみからいろいろ聞いたよ」

半兵衛は笑った。

「し、白縫さま。弥市です、蓑吉を殺した弥市です」

藤吉は、慌てて弥市を指差して叫んだ。

「その弥市を何故、殺そうとしているんだ」

半兵衛は、藤吉を厳しく見据えた。

刹那、塚田が半兵衛に斬り掛かった。

半兵衛は踏み込み、抜き打ちの一刀を鋭く放った。

閃光が塚田を貫いた。

塚田は、空を斬った刀を握り締めたまま踏鞴《たたら》を踏み、前のめりに崩れ落ちた。

半次が倒れた塚田に駆け寄り、その死を見定めた。

「よし、半次。弥市をおふみの家に運び、医者に診せろ。音次郎、藤吉をお縄にしな」

半兵衛は命じた。

不忍池には水鳥が遊び、畔の木々の葉は吹き抜ける風に揺れた。

弥市は深手《ふかで》だった。

おふみは、座敷に布団を敷いて意識を失っている弥市を寝かせた。

老下男の呼んで来た医者は、深刻な顔をして弥市の手当てをした。

弥市は、意識を失ったまま息を苦しく鳴らしていた。

おふみは、医者を手伝い、甲斐甲斐《かいがい》しく弥市の世話をした。

半次は見守った。


半兵衛は、藤吉を大番屋の詮議場《せんぎじょう》に引き据え、厳しく取り調べをした。

藤吉は、博奕打ちの蓑吉と手を組んで建具屋『山城屋』の先代義十を陥《おとしい》れ、親類に金を撒《ま》いて乗っ取った事実を認めた。

そして、それを知った弥市は、蓑吉を殺して藤吉の命も狙った。

藤吉は、それに気が付き、浪人の塚田清十郎に弥市の始末を頼んだのだ。

博奕打ちの蓑吉殺しは、建具屋『山城屋』乗っ取りの事実を明らかにして終わった。

弥市は、意識を取り戻さないまま息を引き取った。

一瞬、眼を開け、看病するおふみに微笑み掛けて……。

「弥市ちゃん……」

おふみは泣き伏した。


大久保忠左衛門は、博奕打ちの蓑吉殺しを大工弥市の犯行と認めて始末した。

そして、藤吉を主家《しゅか》乗っ取り、弥市の命を狙ったとして、浪人塚田清十郎と共に死罪に処し、建具屋『山城屋』を闕所《けっしょ》とした。


「旦那。弥市、おふみさんに惚れていたんですかね」

半次は、弥市が死の直前、おふみに微笑み掛けたのを思い出していた。

「きっとな。そして、おふみも弥市に惚れていたのかもしれないな……」

半兵衛は読んだ。

弥市とおふみは、子供の頃の淡い恋心を互いに抱き続けていたのかもしれない。

「半次、音次郎、そいつは内緒だ……」

半兵衛は笑った。

世の中には、町奉行所の役人が知らん顔をした方が良い事もある……。
おふみは、弥市を手厚く葬《ほうむ》った。
半兵衛は、おふみの為に影のように生きた弥市を哀れんだ。

第四話　昔の話

一

北町奉行所の表門は八文字に開かれ、多くの人が出入りしていた。

北町奉行所臨時廻り同心白縫半兵衛は、岡っ引の本湊の半次と下っ引の音次郎を従えて表門に向かった。

「今朝は大久保さまに見付からずに済むと良いですね」

音次郎は笑った。

「うむ……」

半兵衛は苦笑し、半次と音次郎を従えて表門を潜《くぐ》ろうとした。

刹那《せつな》、半兵衛は前のめりで足早に出て来た羽織袴《はおりはかま》の痩《や》せた老武士とぶつかりそうになった。

「こりゃあ失礼……」

半兵衛は告げた。

「いや、こちらこそ。何だ、半兵衛か……」

羽織袴の痩せた老武士は、吟味方与力の大久保忠左衛門だった。

「こりゃあ、大久保さま……」

半兵衛は戸惑い、半次と音次郎は慌《あわ》てて挨拶をした。

「うむ。ではな……」

忠左衛門は、細い筋張った首を伸ばして頷《うなず》き、足早に表門から出て行った。

半兵衛は、怪訝《けげん》な面持《おもも》ちで見送った。

「旦那……」

半次は眉《まゆ》をひそめた。

「うむ。何かあったのかな……」

「追ってみますか……」

「そうしてくれ。見廻りは私と音次郎がいつも通りの道筋でやるよ」

半兵衛は告げた。

「承知しました。音次郎……」

「はい……」

音次郎は頷いた。

「じゃあ……」

半次は、半兵衛に会釈をして忠左衛門を追った。

「じゃあ音次郎、詰所に顔を見せてくるよ」

「はい。大久保さまがいないと分かると、何だか張り合いがありませんね」

音次郎は首を捻《ひね》った。

「ああ……」

半兵衛は苦笑した。


金龍山浅草寺の境内《けいだい》は、参拝客と遊びに来た者で賑《にぎ》わっていた。

盗人《ぬすっと》の隙間風の五郎八は、境内の隅にある茶店の茶を啜《すす》りながら、行き交う者の中に獲物を捜していた。

権威を振《ふ》り翳《かざ》して威張る武士か、金に物を云わせる金持ち……。

獲物は、そのどちらかだ。

それが、隙間風の五郎八の盗人としての矜持《きょうじ》なのだ。

五郎八は、茶店の縁台に腰掛けて茶を啜りながら獲物を捜していた。

あっ……。

五郎八は、行き交う人々を眺めながら湯飲茶碗を口元で止めた。

行き交う人の中に、見覚えのある羽織袴の痩せた老武士がいた。

老武士は、細い筋張った首を伸ばして足早に本殿に向かって行った。

大久保忠左衛門さま……。

五郎八は、見定めて湯飲茶碗を縁台に置いた。その時、半次が忠左衛門を追って行くのが見えた。

「半次の親分……」

五郎八は眉をひそめた。

忠左衛門は、本殿の階《きざはし》の下で慌《あわ》ただしく手を合わせ、鐘楼《しようろう》に向かった。

鐘楼の前には、質素な形《なり》の初老の女が佇《たたず》んでいた。

「おお……」

忠左衛門は、足早に初老の女に近寄った。

「忠左衛門さま……」

初老の女は、忠左衛門に気が付いて小さな笑みを浮かべて挨拶をした。

「やあ。菊枝《きくえ》どの、お待たせ致したな……」

忠左衛門は、細い首の筋を伸ばして詫《わ》びた。

「いえ。私も今、来た処《ところ》でして……」

「それなら良いが。ならば、静かな処で……」

「はい。では此方《こちら》に……」

初老の女の菊枝は、忠左衛門を誘《いざな》って東門に向かった。

「うむ……」

忠左衛門は続いた。

物陰から半次が現れ、忠左衛門と菊枝を尾行《つけ》た。

東門を出ると様々な店が軒を連ね、参拝帰りの人が行き交っていた。

菊枝は、忠左衛門を甘味処《かんみどころ》に誘った。

半次は、忠左衛門が菊枝と共に甘味処に入ったのを見届けた。

菊枝とは何者なのか……。

忠左衛門とどんな拘《かか》わりがあるのか……。

半次は、甘味処の店内を窺《うかが》った。

だが、忠左衛門と菊枝は、店の奥に座ったのか、その姿は見えなかった。

「大久保さまですか……」

五郎八が現れた。

「おお、五郎八の父っつあんか……」

半次は、五郎八が茶店で獲物を捜していて忠左衛門に気が付いたと読んだ。

「はい。一緒に入った女。何処《どこ》の誰ですか……」

「そいつは、こっちも知りたい処だぜ」

半次は苦笑した。

「じゃあ、あっしが潜り込んでみますか……」

五郎八は、甘味処を窺った。

「父っつあんは面が割れている。妙な真似をして大久保さまに気が付かれ、臍《へそ》を曲げられちゃあ面倒だ。止めておくんだな」

半次は苦笑した。

「じゃあ、どうします」

五郎八は眉をひそめた。

「さあて、どうするか……」

半次は、甘味処を眺めた。

半刻程が過ぎた。

「ありがとうございました」

甘味処の女が、客を見送る声がした。

半次と五郎八は、甘味処の戸口を見た。

忠左衛門と菊枝が、甘味処の暖簾《のれん》を潜って出て来た。

「それでは、忠左衛門さま……」

菊枝は、忠左衛門に深々と頭を下げた。

「うむ。出来るだけの事はする。菊枝さんは家で帰って来るのを待っていなさい」

「はい。心得ました」

「うむ。では、気を付けてな……」

「はい。失礼します」

菊枝は、忠左衛門に深々と頭を下げて北馬道町《きたうまみちまち》の通りを北へ、山谷堀《さんやぼり》に向かった。

「よし。俺は女を追う。父っつあんは、大久保さまを尾行てくれ」

半次は、忠左衛門が北町奉行所に帰ると睨《にら》み、五郎八に頼んだ。

「合点だ……」

「じゃあ……」

半次は菊枝を尾行し、五郎八は忠左衛門を追った。

菊枝は、北馬道町の通りを進み、山谷堀の手前の浅草田町《あさくさたまち》に入った。

半次は尾行た。

菊枝は、浅草田町一丁目の裏通りに入った。そして、裏通りの路地に曲がった。

半次は走り、路地を覗いた。

路地の左右には数軒の家が連なり、菊枝は奥の家に入って行った。

半次は見届けた。

奥の家の腰高障子《こしだかしょうじ》は、菊枝が入ってから開く事はなかった。

よし……。

半次は、自身番に走った。

大久保忠左衛門は、浅草広小路の雑踏を抜け、蔵前《くらまえ》の通りを浅草御門に向かった。

五郎八は尾行た。

いつもなら前のめり気味で性急な忠左衛門の足取りは、重く沈んでいた。

何があったのか……。

五郎八は、忠左衛門を尾行た。

忠左衛門は、駒形堂《こまがたどう》の前で足を止めて吐息を洩らした。

「大久保さまじゃありませんか……」

五郎八は、思わず声を掛けた。

忠左衛門は振り返り、五郎八に気が付いた。

「おお、五郎八か……」

「御無沙汰しております。お出掛けですかい」

五郎八は笑い掛けた。

「う、うむ。そうだ、五郎八、おぬし、忙しいか……」

忠左衛門は、細い筋張った首を伸ばした。

「い、いえ。それ程、忙しくは……」

五郎八は、迷い躊躇《ためら》った。

「そうか。ならば五郎八、頼みがある」

「頼み。は、はい……」

五郎八は、思わず頷いた。

「よし、ならば……」

忠左衛門は、細い筋張った首を伸ばして辺りを見廻した。

蕎麦屋《そばや》があった。

「ちょいと付き合え……」

忠左衛門は、五郎八の羽織の袖《そで》を摑《つか》んで蕎麦屋に向かった。

「あっ、大久保さま……」

五郎八は、慌てて続いた。


「一丁目の裏通りの路地ですか……」

浅草田町の自身番の店番は、町内名簿を手にした。

「ええ。菊枝さんって方なんですけどね」

半次は告げた。

「菊枝さんですか……」

店番は、町内名簿を捲《めく》った。

「ええ……」

半次は頷き、店番の返事を待った。

「ああ。此の方ですかね。夏目《なつめ》菊枝さま……」

店番は告げた。

「夏目菊枝さま……」

半次は眉をひそめた。

「ええ、御家人の後家さんで仕立物を生業《なりわい》に、倅《せがれ》の恭一郎《きよういちろう》さんと二人暮らしですね」

店番は、町内名簿を読んだ。

「倅の夏目恭一郎さん……」

半次は念を押した。

「ええ……」

「恭一郎さん、歳は幾つですか……」

「ええと、十七歳ですね……」

「夏目恭一郎さん、十七歳ですか……」

大久保忠左衛門が逢っていた菊枝は、御家人の後家であり、恭一郎と云う十七歳になる倅と二人暮らしだった。

半次は知った。


忠左衛門は、細い首の喉仏《のどぼとけ》を大きく上下させて酒を飲んだ。

「あの、大久保さま。頼み事とは……」

五郎八は、忠左衛門に酌《しゃく》をしながら尋ねた。

「おお、それなのだが五郎八。幼馴染《おさななじ》みの十七歳になる倅が得体《えたい》の知れぬ年増と付き合うようになり、家に帰らなくなってな……」

忠左衛門は、筋張った細い首を伸ばして酒を啜った。

「それはそれは……」

良くある話だ……。

五郎八は、手酌で酒を飲んだ。

「それで、母親がそれはもう心配してな……」

「母親ってのは……」

「儂《わし》の幼馴染みだ」

忠左衛門は告げた。

「母親の菊枝さんは、大久保さまと幼馴染みなんですか……」

五郎八は知った。

「うむ……。待て、五郎八……」

忠左衛門は、猪口《ちょこ》を持つ手を止めた。

「はい。何か……」

五郎八は、戸惑いを浮かべた。

「儂は幼馴染みの名が菊枝だと、申したかな」

忠左衛門は、五郎八に怪訝な眼を向けた。

「えっ。大久保さま、御冗談を。仰《おつしや》いましたよ、幼馴染みの菊枝って……」

五郎八は、慌てて笑い、云《い》い繕《つくろ》った。

「そうか、云ったか。まあ、良い。して、その幼馴染みの菊枝、倅の恭一郎が年増と何処で何をしているのか心配してな。どうしたら良いかと相談して来た」

「で、大久保さまは何と……」

五郎八は、忠左衛門の出方を窺った。

「う、うむ。そりゃあまあ、任せておけと……」

忠左衛門は、細い首の筋を上下させた。

「でしょうね。で、どうするんですか……」

「うむ。事件でも何でもない件を半兵衛たちに調べさせる訳にもいかぬ。そこでだ、五郎八……」

忠左衛門は、筋張った細い首を伸ばした。

「は、はい……」

五郎八は、思わず身を引いた。

「おぬし。幼馴染みの菊枝の倅の恭一郎が年増と何処で何をしているのか、ちょいと探ってみてくれぬか。礼はする……」

「はあ。ですが、恭一郎さんがどんな人で、何処にいるのか分からないし……」

五郎八は、尻込《しりご》みをした。

「付き合っている年増、名はおそめ。玉池稲荷《たまいけいなり》で親の遺《のこ》した茶店を営んでいるそうだ」

忠左衛門は告げた。

「おそめ、玉池稲荷で茶店ですか……」

五郎八は訊き返した。

「左様《さよう》。五郎八、世慣れたおぬしの事だ。それだけ分かれば、倅の夏目恭一郎が何をしているか突き止めるなど、造作《ぞうさ》はあるまい」

忠左衛門は、筋張った細い首を伸ばして五郎八を持ち上げた。

「そりゃあ、まあ……」

五郎八は、思わず頷いた。

「よし、決まった。五郎八、宜《よろ》しく頼むぞ」

忠左衛門は笑みを浮かべ、五郎八に小さな白髪髷《しらがまげ》の頭を下げた。

「はあ……」

まんまと乗せられた……。

五郎八は溜息《ためいき》を吐いた。


浅草寺境内は、相変らず賑わっていた。

半兵衛の旦那と音次郎は、市中見廻りでそろそろ浅草寺の境内に来る筈《はず》だ。

半次は、頃合いを見計らって浅草寺の境内に戻った。

境内の茶店では、半兵衛と音次郎が行き交う参拝人を眺めながら茶を啜っていた。

半次は、茶店の老亭主に茶を頼み、半兵衛と音次郎のいる縁台に腰掛けた。

「親分……」

音次郎は戸惑った。

「大久保さま、浅草寺に来たのか……」

半兵衛は読んだ。

「はい。で、夏目菊枝さんって御家人の後家さんと落ち合い、甘味処で半刻程過ごして別れましたよ」

「甘味処で半刻程ね……」

「はい……」

「で、どうした」

「あっしが菊枝さんを追い、隙間風の父っつあんが大久保さまを……」

半次は苦笑した。

「五郎八が……」

「ええ。浅草寺の境内で獲物を見繕《みつくろ》っていて、大久保さまを見掛けたんですよ」

「成る程……」

半兵衛は苦笑した。

二

「夏目菊枝、呉服屋の仕立物を生業にし、十七歳の倅の恭一郎と二人暮らしか……」

半兵衛は、路地奥にある夏目菊枝の家を眺めた。

「ええ……」

半次は頷いた。

「おそらく大久保さま、菊枝さんの亡くなった旦那の夏目さんと昵懇《じっこん》の仲だったのかもしれぬな……」

半兵衛は読んだ。

「ええ。きっと……」

半次は頷いた。

「旦那、親分……」

音次郎が、駆け寄って来た。

「おう。何か分かったか……」

「ええ。まあ、菊枝さんの評判は良いですよ」

音次郎は告げた。

「そうか。して、倅の恭一郎は……」

半兵衛は尋ねた。

「そいつなんですがね。恭一郎、子供の頃から学問所や剣術道場に通っていましたが、去年辺りから余り行かなくなったそうですよ」

音次郎は、聞き込んで来た事を報せた。

「って事は、菊枝さんは大久保さまに倅の恭一郎の事で相談でもしたんですかね」

半次は読んだ。

「おそらくね……」

半兵衛は頷いた。

「で、大久保さまはどうするか……」

半次は眉をひそめた。

「そいつは、五郎八に聞くと分かるかもしれないな」

半兵衛は笑った。

玉池稲荷は参拝客も少なく、静けさに満ちていた。

五郎八は、本殿に手を合わせ、幼子《おさなご》が遊んでいる境内を見廻した。

境内の片隅には古い小さな茶店があり、散策の途中の隠居が茶を楽しんでいた。

五郎八は、初めて来た筈の茶店に何故か懐《なつ》かしさを覚えた。

よし……。

五郎八は、軽い足取りで茶店に向かった。

「いらっしゃいませ……」

片襷《かただすき》に前掛の年増が、五郎八を迎えた。

「おう、姐《ねえ》さん。茶を頼みますよ」

五郎八は、茶を頼んで縁台に腰掛け、茶店の様子を窺った。

茶店は小さくて古く、馴染と思われる客の老爺《ろうや》が一人おり、奥の茶汲場《ちゃくみば》では片襷の前掛の年増が茶を淹《い》れていた。

片襷に前掛の年増が、若い夏目恭一郎を誑《たぶら》かすおそめなのだ。

五郎八は睨んだ。

「お待たせ致しました」

おそめは、五郎八に茶を持って来た。

「うん……」

五郎八は、茶を受け取って啜った。

「おそめちゃん、御馳走《ごちそう》さん……」

隠居風の老爺は、年増に声を掛けて茶店から出て行った。

「あっ、ありがとうございました」

おそめは、にこやかに老爺を見送った。

「おそめちゃんって云うのかい……」

五郎八は笑い掛けた。

「此《こ》の歳でちゃんですから、親の代からのお客さんには敵《かな》いませんよ」

おそめは、老爺の湯飲茶碗を片付けながら苦笑した。

「良いじゃあないか……」

五郎八は笑った。

「お客さん、初めてですね」

「うん。お参りには時々来ているんだけどね」

「そうですか……」

おそめは、湯飲茶碗を奥の洗い場に持って行った。

五郎八は、茶店の奥を窺った。

奥には居間があるが、人のいる気配は窺えなかった。

夏目恭一郎はいないようだ……。

五郎八は睨んだ。

「お邪魔しますよ」

老夫婦がやって来た。

「いらっしゃいませ……」

おそめは、老夫婦を迎えた。

潮時《しおどき》だ……。

「じゃあ、茶代、置いておくよ」

五郎八は縁台に茶代を置いて、おそめの茶店を出た。

「ありがとうございました」

おそめは、五郎八を見送った。

五郎八は鳥居を出て、それとなく茶店を振り返った。

おそめは、老夫婦の相手をしていた。

五郎八は、茶店を見張って夏目恭一郎が来るのを待つ事にした。

お玉《たま》ケ池《いけ》は西日に輝いた。


半兵衛は、半次や音次郎と北町奉行所に戻った。

「大久保さま、おいでかな……」

半兵衛は、当番同心に訊いた。

「ええ。先程、出先からお戻りになられましたよ」

当番同心は告げた。

「そうか。して、どのような様子だった」

「どのようなって、そう云えば疲れて、細い首の筋の伸びも悪いような……」

当番同心は首を捻った。

「細い首の筋の伸びも悪いか……」

半兵衛は眉をひそめた。

玉池稲荷は夕陽に覆《おお》われた。

五郎八は、境内の石燈籠の陰からおそめの茶店を見張った。

参拝客も途絶え、茶店を訪れる客もいなくなった。

おそめは、店先の縁台などを片付け、掃除をして雨戸を閉め始めた。

夏目恭一郎らしき若い侍は、未だ現れなかった。

五郎八は鳥居を眺め、素早く石燈籠の陰に身を潜《ひそ》めた。

見覚えのある二人の男が、鳥居を潜って境内に入って来たのだ。

奴ら……。

五郎八は、二人の男を見守った。

二人の男は、小さな古い茶店に近付き、その周囲を廻り始めた。

五郎八は、見覚えのある二人の男の顔を見詰めた。

間違いねえ……。

二人の男は、夜鴉《よがらす》の源七《げんしち》と安松《やすまつ》と云う盗人《ぬすっと》であり、盗賊不動《ふどう》の政五郎《まさごろう》一味とされていた。

源七と安松は、雨戸を閉めたおそめの茶店の様子を窺った。

狙いはおそめの茶店……。

何が狙いで窺っているのか……。
五郎八は、源七と安松を見守った。
二人の侍が神輿蔵《みこしぐら》から現れ、猛然と源七と安松に駆け寄った。
源七と安松は驚き、狼狽《うろた》えた。
「おのれ、曲者《くせもの》……」
二人の侍は、刀を抜いて源七と安松に鋭く斬り付けた。
源七と安松は、必死に躱《かわ》し、転がるように境内から逃げた。
二人の侍は、源七と安松が逃げ去るのを見届け、茶店の雨戸の潜り戸を叩いた。
潜り戸が開いた。
二人の侍は、素早く潜り戸を入った。
五郎八は見届けた。
二人の侍の一人は総髪《そうはつ》であり、どちらかが夏目恭一郎なのかもしれない……。
五郎八は読んだ。
囲炉裏《いろり》の火は燃えた。

「大久保さまに頼まれた……」

半兵衛は苦笑した。

「はい。夏目菊枝と云う幼馴染みの後家さんの倅の恭一郎と玉池稲荷境内の茶店のおそめって年増との拘わりを調べてくれと……」

五郎八は告げた。

「夏目菊枝って幼馴染みの後家……」

半兵衛は、夏目菊枝の素性《すじょう》を知った。

「ええ。大久保さまの幼馴染みだそうでしてね。近頃、倅の恭一郎が年増のおそめと何をしているのか心配して、大久保さまに相談したようです……」

五郎八は報せた。

「で、出逢った五郎八の父っつあんにお鉢《はち》が廻って来たか……」

半次は笑った。

「ああ……」

五郎八は、湯飲茶碗の酒を飲んだ。

「して、五郎八。玉池稲荷の茶店に行ったのか……」

半兵衛は尋ねた。

「はい。おそめの親の代から続いている古い小さな茶店でしてね。馴染客と僅かな参拝帰りの客で辛《かろ》うじて持っているって処ですか……」

五郎八は報せた。

「して、夏目恭一郎はいたのか……」

「そいつが、おそめはいたんですが、夏目恭一郎らしい若い侍はいませんでしたよ」

「そうか……」

「で、暫《しばら》く見張って夏目恭一郎が来るのを待ったのですが……」

五郎八は、酒を啜った。

「どうした……」

半次は促した。

「夕暮れ、盗賊の不動の政五郎一味の夜鴉の源七と安松ってのが現れましてね……」

五郎八は笑った。

「盗賊不動の政五郎……」

半兵衛は眉をひそめた。

「ええ。背中に不動明王《ふどうみようおう》の彫《ほ》り物《もの》を背負っている盗賊ですよ」

五郎八は、吐《は》き棄《す》てた。

「その手下の源七と安松か……」

「はい……」

「で、どうした……」

「二人の侍が見張っていたかのように神輿蔵から現れ、源七と安松を蹴散らしましてね」

「二人の侍か……」

「ええ。で、源七と安松、尻尾《しつぽ》を巻いて逃げて。二人の侍は、茶店に入って行きましたよ」

「茶店に入って行ったか……」

「ええ。二人の何方《どちら》かが、夏目恭一郎だったのかもしれません。うん……」

五郎八は、自分の睨みに頷いた。

「玉池稲荷の古い茶店と盗賊の不動の政五郎か……」

半兵衛は、小さな笑みを浮かべた。

「旦那、何か……」

「うむ。五郎八、玉池稲荷に拘わる盗人ってのはいなかったかな」

「玉池稲荷に拘わる盗人……」

「うむ。玉池の半兵衛とか玉池の半次とか……」

「さあ。聞いた事、ありませんね」

五郎八は首を捻った。

「いないか……」

「ま、稲荷《いなり》の吉兵衛《きちべえ》って盗人は、昔いましたがね」

「稲荷の吉兵衛……」

半兵衛は訊き返した。

「ええ。伏見稲荷《ふしみいなり》、お稲荷堂の稲荷の吉兵衛。でも十何年も前に病で死にましたがね……」

五郎八は告げた。

「どうやら、その辺りかな……」

半兵衛は笑った。

朝の玉池稲荷に参拝客はいなかった。

境内の隅の茶店は、主《あるじ》のおそめが雨戸を開けていた。

「おそめですね……」

半次は、片襷で前掛姿のおそめを示した。

「うむ……」

半兵衛は頷いた。

おそめは、店先の掃除を始めた。

「よし、半次。此の茶店は、おそめの親の代からだそうだが、木戸番の処に行って詳しい事を訊いて来てくれ」

半兵衛は命じた。

「承知……」

半次は頷き、神田松枝町《かんだまつがえちよう》に走った。

半兵衛と音次郎は、おそめが掃除をする茶店を見張った。


「玉池稲荷の茶店かい……」

松枝町の老木戸番次平《じへい》は、半次に茶を差し出した。

「頂きます。ええ、あの茶店、今の主のおそめさんの親の代からの店だそうですね」

　半次は茶を啜った。

「ああ。吉蔵《きちぞう》さんとおこまさんって夫婦がやっていてね。随分昔に亡くなり、娘のおそめさんが継いだんだよ」

　次平は、思い出すように告げた。

「吉蔵さんとおこまさんですか……」

「ええ……」

「吉蔵さん、どんな方でしたかね」

「どんなって、真面目な働き者で一人娘のおそめちゃんをそりゃあ可愛がっていてね……」

「そうですか。吉蔵さん、故郷《くに》は何処ですかね……」

「ああ。故郷は確か相州秦野《そうしゅうはだの》だと聞いたな……」

「相州秦野ですか……」

「うむ。未だ親兄弟がいるとか云って、吉蔵さん、時々帰っていたな」

　次平は告げた。

「時々帰っていましたか……」

「うん。吉蔵さんが留守の間は、おこまさんと子供だったおそめちゃんが茶店を切り盛りしていたよ」

「へえ。そうなんですか……」

「ああ。吉蔵さんも故郷に帰っていたが、故郷からも親類や知り合いが良く訪ねて来ていたよ……」

「へえ。そうなんですかい……」

半次は、茶を啜った。


本所竪川《たてかわ》には荷船の櫓《ろ》の軋《きし》みが響いていた。

五郎八は、竪川に架かる二《ふた》つ目之橋《めのはし》を渡り、袂《たもと》にある百獣屋《ももんじゃ》に向かった。

百獣屋とは、鹿《しか》や猪《いのしし》などの獣の肉を料理し、食べさせる店だ。

百獣屋は未だ暖簾を出していなかった。

五郎八は、百獣屋の裏手に廻った。

裏手に解体場があり、老爺が猪の肉を捌《さば》いていた。

「やあ、夜霧《よぎり》の……」

五郎八は、猪の肉を捌いていた老爺に声を掛けた。

「おう。珍しいな、隙間風の……」

老爺は、五郎八を見て、歳に似合わない脂ぎった顔を綻《ほころ》ばせた。

「ああ。変わりはないようだな、夜霧の……」

老爺は、かつて夜霧の長次郎《ちようじろう》と名乗った一人働きの盗人であり、隙間風の五郎八と親しい仲だった。

「隙間風もな……」

「ああ。相変わらずだぜ」

「で、何か用か……」

「夜霧の。稲荷の吉兵衛のお頭《かしら》の事が訊きたくてな」

「稲荷の吉兵衛のお頭……」

「ああ、夜霧の。稲荷の吉兵衛のお頭、もう随分前に死んでいるが、江戸での棲《す》家《み》は何処だったのかな……」

「さあて、俺も詳しくは知らないが、何処かのお稲荷さんの料理屋か茶店、土産《みやげ》物《もの》屋《や》でもやっていたんじゃあないのかな」

夜霧は読んだ。

「何処のお稲荷さんかは分からないかな」

「さあ、そこ迄はな……」

「そうか。で、他に何か知っている事はないかな……」

「他にか……」

「ああ……」

「吉兵衛のお頭、噂《うわさ》じゃあ、胃《い》の腑《ふ》の病に罹《かか》って死を覚悟し、押し込みを急いで金を稼ぎ、女房子供に大金を残して死んだそうだぜ」

夜霧は苦笑した。

「へえ、そんな噂があるのかい……」

「ああ。ま、どんな盗人のお頭でも、多少の隠し金はある。そいつに尾鰭《おひれ》が付いて、噂になったのかもな……」

「そうか。処《ところ》で夜霧の。稲荷の吉兵衛のお頭の手下、どんな奴がいたのかな」

「さあて、いろいろいたけど、くたばったのも多いんだろうな」

夜霧は眉をひそめた。

「ああ。今が働き盛りの盗人となると、当時は三下《さんした》。使いっ走りの若造だが、覚えている奴はいないかな……」

五郎八は笑い掛けた。

「昔の事だからなあ……」

「じゃあ夜霧の。不動の政五郎って頭を知っているか……」

「噂だけはな。面《つら》は拝んだ事はねえが……」

「どんな噂だ……」

「狡猾《こうかつ》で油断も隙もねえ野郎だって噂だ……」

夜霧は吐き棄てた。

「そんな野郎か……」

「ああ。隙あらば同業の懐《ふところ》も狙うって盗人だそうだ」

「同業の懐……」

五郎八は眉をひそめた。

「ああ。隠居した盗人の頭の隠居金なんかをな……」

「不動の政五郎、仁義の欠片《かけら》もねえ野郎だな……」

五郎八は呆れた。

三

玉池稲荷には参拝客が訪れていた。

半兵衛と音次郎は、おそめの茶店を見張り続けていた。

茶店には客が立ち寄り始め、おそめが相手をしていた。

「半兵衛の旦那……」

音次郎が茶店を示した。

「どうした……」

半兵衛は茶店を見た。

茶店から総髪の若い侍が出て来た。

「今朝、来た客じゃありませんよ」

音次郎は眉をひそめた。

「って事は、昨夜からいたか……」

半兵衛は読んだ。

「きっと。歳から見て、大久保さまの幼馴染みの倅、恭一郎かも……」

音次郎は睨んだ。

「うむ……」

若い総髪の侍は、おそめに何事かを告げて鳥居に向かった。

おそめは見送った。

「よし、私が追ってみる。音次郎は此処《ここ》を頼む……」

「はい……」

音次郎は頷いた。

半兵衛は、若い総髪の侍を追った。

玉池稲荷の鳥居前の通りを北に進み、柳原通りに進み浅草御門から蔵前の通りに出る。

若い総髪の侍は、蔵前の通りを浅草広小路に向かった。

半兵衛は尾行た。

若い総髪の侍は夏目恭一郎であり、大久保忠左衛門の幼馴染みの母親菊枝のいる浅草田町の家に帰るのか……。

半兵衛は読んだ。

浅草御蔵や駒形堂の前を過ぎ、若い総髪の侍は材木町《ざいもくちょう》に進んだ。

半兵衛は追った。

材木町を抜けると浅草広小路の東の端、隅田川に架かる吾妻橋の袂に出る。

若い総髪の侍は、浅草広小路の手前の材木町にある一軒の店に入った。

半兵衛は、若い総髪の侍が入った店の戸口に急いだ。

若い総髪の侍が入った店は、口入屋《くちいれや》『萬屋《よろずや》』だった。

半兵衛は、口入屋『萬屋』の店内を窺った。

朝の忙しい時の過ぎた萬屋は閑散としており、奥の帳場に若い総髪の侍と店主と思われる中年の男がいた。

若い総髪の侍と店主は、何事か言葉を交わして店から出て来た。

半兵衛は見守った。

「じゃあ旦那、宜しくお願いします」

「ああ。探しておくよ……」

店主は頷いた。

「はい。じゃあ……」

若い総髪の侍は、店主に挨拶をして浅草広小路に向かって行った。

店主は見送った。

「よし……」

半兵衛は、見送る店主に近付いた。

「ちょいと尋ねるが……」

「は、はい……」

店主は、半兵衛に怪訝な眼を向けた。

「今の若いの、神崎新之助《かんざきしんのすけ》かな……」

「えっ。いえ、あのお侍は、夏目恭一郎さんって方ですよ」

店主は、浅草広小路の雑踏を行く若い総髪の侍を見送った。

「そうか。夏目恭一郎か、ではな……」

やはり、若い総髪の侍は夏目恭一郎……。

半兵衛は、夏目恭一郎に続いて浅草広小路に向かった。

玉池稲荷の茶店には、馴染客が訪れていた。

「おう。音次郎……」

半次が、茶店を見張る音次郎の許に戻って来た。

「親分……」

「半兵衛の旦那は……」

「総髪の若い侍が茶店から出て行きましてね。夏目恭一郎かどうか見届けると……」

「そうか……」

「親分の方はどうでした……」

「うん。いろいろ分かったよ」

「そうですか……」

音次郎は、緊張を過《よ》ぎらせた。

「どうした……」

「はい。神輿蔵の陰にいる二人の野郎。さっきも来ていましてね」

音次郎は、神輿蔵の陰にいる二人の男を示した。

「五郎八の父っつあんが云っていた夜鴉の源七と安松って盗賊かもしれないな」

半次は、二人の男を見詰めた。

「そうか……」

音次郎は、喉を鳴らして頷いた。

「おそらく、おそめの茶店を見張っているんだろう……」

半次は読んだ。

二人の男は、神輿蔵の陰から離れた。

「どうします」

音次郎は、半次の指示を仰いだ。

「よし、追ってみな」

半次は命じた。

「合点だ」

音次郎は、二人の男を追った。

半次は見送った。


二人の男は、玉池稲荷を出て松枝町に抜け、武家屋敷街から柳原通りに出て神田川に架かっている浅草御門を渡った。

音次郎は尾行た。

二人の男は、蔵前通りから新寺町に進んだ。

寺の連なる新寺町には、微かに線香の匂いが漂っているように思えた。
音次郎は、慎重に二人の男を追った。
二人の男は、寺の連なりを進み、一つの山門を潜った。
音次郎は、二人の男が入った寺の山門から境内を窺った。
二人の男は、境内の奥にある庫裏《くり》に入って行った。
境内は掃除が行き届き、荒れている様子は窺えなかった。
音次郎は見届け、山門に掲げられた扁額《へんがく》を読んだ。
扁額には『春慶寺《しゅんけいじ》』と書かれていた。
「春慶寺か……」
音次郎は、周囲を見廻した。
斜向《はすむ》かいの寺の寺男が、門前の掃除をしていた。
よし……。
音次郎は、掃除をしている寺男に近付いた。
「えっ、春慶寺ですか……」
寺男は、春慶寺を眺めた。

「ええ。御住職はどんな方ですか……」

音次郎は尋ねた。

「御住職は浄海《じょうかい》さまと仰いまして……」

「浄海さま……」

「ええ。四十歳前後の御住職でしてね。寺男は長吉《ちょうきち》さんって人ですよ」

寺男は告げた。

「長吉さん……」

「ええ……」

「檀家《だんか》の評判は如何《いかが》ですかい……」

「さあ、檀家は少ないそうでして、良く分かりませんね」

寺男は首を捻った。

「そうですか。ま、人の出入りがあるようですがね……」

「ええ。ちょいと、素性の良く分からない人が出入りしていますよ」

寺男は苦笑した。

「まさか、家作で賭場《とば》でも……」

「そいつはありませんよ。家作はないので……」

「ま、寺ですからね。どんな人が出入りしても、おかしくはありません」

「家作はない……」

寺男は頷いた。

檀家が少なく、家作もない寺なら台所は火の車の筈だ。だが、春慶寺は掃除が行き届いており、荒れている気配はなかった。

何か妙だ……。

音次郎は、微かな戸惑いを覚えた。

山谷堀は根岸の里の石神井用水から続き、浅草金龍山下瓦町《あさくさきんりゅうざんしたかわらまち》と浅草今戸町《いまどちょう》の間から隅田川に流れ込む。

若い総髪の侍夏目恭一郎は、山谷堀の手前の浅草田町に差し掛かった。

よし……。

半兵衛は、己の姿を晒《さら》して夏目恭一郎を尾行た。

恭一郎は、浅草田町に曲がった。

半兵衛は続いた。

恭一郎は立ち止まり、半兵衛を振り返った。

半兵衛は立ち止まった。

「私に何か用ですか……」

恭一郎は、半兵衛に厳しい眼を向けた。

「ええ……」

半兵衛は笑い掛けた。

山谷堀沿いの日本堤《にほんづつみ》は三《み》ノ輪町《わまち》に続き、途中に新吉原《しんよしわら》がある。

半兵衛は、山谷堀に架かっている小橋に夏目恭一郎を誘った。

「夏目恭一郎さんだね……」

「ええ……」

恭一郎は、半兵衛を見据えて頷いた。

「私は北町奉行所同心の白縫半兵衛……」

「北町奉行所の白縫さんが何用ですか……」

恭一郎は、半兵衛を見据えた。

「うむ。玉池稲荷の茶店で何をしているのかな……」

半兵衛は尋ねた。

「えっ……」

恭一郎は戸惑った。

「よ、用心棒です……」

「何をしているのだ」

恭一郎は告げた。

「用心棒……」

半兵衛は戸惑った。

「はい……」

「茶店のおそめに雇われたのか……」

「はい。三日で二朱、石原左之助《いしはらさのすけ》さんって方と二人、雇われました」

半兵衛は、恭一郎と一緒にいた侍が石原左之助だと知った。

「おそめ、用心棒を二人も雇わねばならぬ事でもあるのか……」

半兵衛は眉をひそめた。

「妙な男たちが窺い、夜中に家の周りを彷徨《うろつ》いていて気味が悪いと……」

「おそめがそう云ったのか……」

「はい。それで、私と石原さんが雇われ、昼と夜、見張ったら……」

「おその云う通り、現れたか、妙な奴ら……」

「はい。男が二人、昼は店を窺い、夜は店の周りを彷徨いて……」

「何をしていた……」

「何かを調べているような……」

「調べている……」

「ええ。それで、石原さんと捕まえて何をしているのか白状させようと思ったんですが……」

恭一郎は、悔しさを滲《にじ》ませた。

「捕らえられなかったか……」

半兵衛は苦笑した。

「はい……」

恭一郎は頷いた。

「して、今夜はどうするのだ」

「見張りに行きます。今夜が最後ですがね」

「最後……」

半兵衛は戸惑った。

「ええ。明後日から大店《おおだな》の御隠居のお供で大山参《おおやままい》りに行きます」

恭一郎は告げた。

「ほう。隠居のお供で大山参りか……」

「はい。口入屋の萬屋の口利きの仕事でしてね。江戸から出るのは初めてなので、楽しみです」

恭一郎は、張り切って告げた。

「そうか……」

夏目恭一郎は、何にでも興味を抱く十七歳の若者なのだ。

半兵衛は苦笑した。

母親の取り越し苦労か……。

半兵衛は、大久保忠左衛門の幼馴染みの菊枝の一人息子恭一郎への心配をそう読んだ。

玉池稲荷には参拝客が訪れ、楽し気に遊ぶ幼子の声が響いていた。

半次は、境内の隅にある茶店を見張っていた。

「親分……」

音次郎が戻って来た。

「おう。どうだった」

半次は迎えた。

「はい。奴ら、新寺町の春慶寺って寺に入って行きました」

音次郎は報せた。

「春慶寺……」

「ええ。住職は浄海、寺男は長吉。檀家の少ない寺だそうですが、家作もなく、賭場に貸している訳でもないのに、それ程貧乏寺でもないような……」

音次郎は苦笑した。

「へえ。そいつは妙な寺だな……」

「はい。で、おそめの茶店を見張っていた妙な野郎たちが出入りしている……」

音次郎は、意味ありげに笑った。

「春慶寺か……」

半次は、厳しさを過ぎらせた。

「おう。変わった事はあったかい……」

半兵衛が戻って来た。

「ええ。いろいろと……」

半次と音次郎は、分かった事を半兵衛に報せた。

「ほう。おそめの父親の吉蔵は時々、出掛けていたか……」

半兵衛は、おそめが客の相手をしている茶店を眺めた。

「ええ。相州秦野の出だそうでして、旅人も良く来ていたそうですぜ」

半次は告げた。

「成る程……」

半兵衛は、おそめの父親で茶店の先代吉蔵がどのような男か知った。

「それから、二人の男が茶店を窺っていましてね。後を尾行たら寺に入って行きまして……」

音次郎は、新寺町の春慶寺の様子と住職の浄海や寺男の長吉について報せた。

「住職の浄海か……」

半兵衛は眉をひそめた。

「で、旦那の方は……」

半次は尋ねた。

「そいつなんだがね。あの若いのは、やはり夏目恭一郎だったよ」

半兵衛は報せた。

「そうですか……」

「で、いろいろ訊いたんだが、どうやら大久保さまの幼馴染みの心配のし過ぎ、母親の取り越し苦労って処だよ……」

「じゃあ……」

「夏目恭一郎、何にでも興味を持つ十七歳。素直な若者だよ」

半兵衛は笑った。

「そいつは良かった。で、どうしますか……」

半次は、半兵衛の指示を仰いだ。

「よし。半次、音次郎、夕暮れ時から春慶寺を見張ってくれ」

「春慶寺ですか……」

「うむ。今夜辺り、動くかもしれぬ……」

半兵衛は読み、茶店を眺めた。

茶店では、おそめが客の相手をしていた。

「旦那、親分、五郎八の父っつあんです……」

音次郎は、鳥居を潜って参道を来る五郎八を示した。

「よし。ちょいと早いが腹拵《はらごしら》えをするか……」

半兵衛は決めた。

陽は西に大きく傾いていた。


お玉ヶ池の畔からは、玉池稲荷が眺められた。

「ひょっとしたら、おそめの死んだ父親の吉蔵、盗人の稲荷の吉兵衛かもしれないだと……」

半兵衛は眉をひそめた。

「ええ。昔を知っている者といろいろ話をした処、どうもそう思えましてね」

五郎八は告げた。

「そうか、盗賊の頭《かしら》の稲荷の吉兵衛か……」

「はい……」

五郎八は、頷いた。

「して、夜鴉の源七と安松って盗賊は……」

「そいつなんですがね。頭の不動の政五郎、狡猾で仁義の欠片もねえ野郎だそうでしてね」

五郎八は、腹立たし気に告げた。

「仁義の欠片もねえ野郎……」

「ええ。隙あらば、隠居した盗賊の頭の隠居金まで奪う外道《げどう》だそうですぜ」

五郎八は吐き棄てた。

「じゃあ何か、不動の政五郎、稲荷の吉兵衛の隠居金を狙って手下の夜鴉の源七と安松に茶店を調べさせているのか……」

半兵衛は読んだ。

「ええ、きっと……」

五郎八は頷いた。

「ま、そいつで話の辻褄《つじつま》は合うか……」

半兵衛は頷いた。

「半兵衛の旦那、どうやらその辺ですね」

半次は眉をひそめた。

「うむ、半次、音次郎。春慶寺の浄海、どうやら不動の政五郎かもな……」

「はい……」

半次と音次郎は頷いた。

「不動の政五郎、坊主に化けて寺に潜んでいやがるんですか……」

五郎八は呆れた。

「ああ。おそらくな……」

「罰当《ばちあ》たりが……」

「旦那、夏目恭一郎さんです……」

音次郎は、玉池稲荷の鳥居を潜って来る夏目恭一郎を示した。

「旦那、夏目恭一郎、何をしているか分かりましたか……」

五郎八は眉をひそめた。

「ああ、心配するな五郎八。夏目恭一郎、おそめとの拘わりも今夜迄だ……」

半兵衛は笑った。

「じゃあ旦那、あっしと音次郎は、春慶寺に行きます」

半次と音次郎は立ち上がった。

「うん。私は茶店を見張っているよ」

「承知。じゃあ、御免《ごめん》なすって……」

半次と音次郎は、蕎麦屋から出て行った。

「よし。私たちもそろそろ行くよ」

「合点です」

西日は、赤い夕陽に変わり始めた。

四

玉池稲荷は夕陽に覆われた。

参拝客は途絶え、遊んでいた幼子たちも帰った。

おそめは、茶店の周囲の掃除を始めた。

半兵衛と五郎八は、茶店の見張りに就《つ》いた。

夏目恭一郎と浪人が茶店から現れ、周囲に不審な事がないか見廻った。

浪人は石原左之助……。

半兵衛は、夏目恭一郎と石原左之助を見守った。

夏目恭一郎と石原左之助は、茶店の周囲に不審な処はないと見定めた。そして、おそめを手伝って茶店の雨戸を閉めて中に入った。

「旦那……」

五郎八は、半兵衛に怪訝な眼を向けた。

「三日で二朱の用心棒だそうだ……」

半兵衛は、夏目恭一郎が何をしているのか、五郎八に教え始めた。

夕陽は沈み、玉池稲荷に大禍時《おおまがとき》が訪れた。


新寺町には、戌《いぬ》の刻五つ（午後八時）を告げる鐘の音が響き渡った。

春慶寺は夜の闇に沈んでいた。

「さあて、どう出るか……」

半次と音次郎は、春慶寺の山門の陰から境内と庫裏を見詰めた。

庫裏には明かりが灯されていた。

「親分……」

庫裏の腰高障子が開いた。

半次と音次郎は、庫裏を見詰めた。

夜鴉の源七と安松が出て来た。そして、十徳《じっとく》に頭巾《ずきん》を被《かぶ》った男が、寺男らしき男と二人の浪人を従えて出て来た。

半次と音次郎は、素早く山門を離れて木陰に隠れた。

夜鴉の源七と安松は、十徳に頭巾を被った男と寺男らしい男、二人の浪人を従えて新寺町を南に向かった。

半次と音次郎は、木陰から見守った。

「十徳に頭巾の野郎が住職の浄海こと不動の政五郎。寺男は長吉だろう」

半次は睨んだ。

「野郎共、玉池稲荷の茶店に行くつもりですかね……」

音次郎は読んだ。

「ああ。ひょっとしたら押し込むつもりかもしれない。追うよ」

半次は、暗がり伝いに不動の政五郎たちを追った。

音次郎は続いた。


玉池稲荷境内の茶店は、闇に覆われていた。

半兵衛と五郎八は、周囲の闇を窺っていた。

「旦那……」

音次郎が現れた。

「どうした……」

「夜鴉の源七と安松、春慶寺の浄海が手下と二人の浪人を従えて来ます」

音次郎は囁《ささや》いた。

「茶店に押し込む気か……」

半兵衛は読んだ。

「仁義の欠片もねえ外道が……」

五郎八は、腹立たし気に吐き棄てた。

「相手は六人。追って来る半次の親分を入れてこっちは三人。どうします」

音次郎は心配した。

「夏目恭一郎と石原左之助を入れてこっちは五人……」

「旦那、音次郎、俺も入れて六人だ」

五郎八は口を出した。

「頭数だけは五分だな……」

半兵衛は苦笑した。

「旦那……」

半次がやって来た。

「来たか……」

「はい。裏手から……」

半次は報せた。
「よし。先《ま》ずは夏目恭一郎と石原左之助がどうするかだ……」
半兵衛は見守った。
本殿の陰から六人の男たちが現れ、茶店に忍び寄った。
半兵衛、半次、音次郎、五郎八は、息を詰めて見守った。
夜鴉の源七と安松が、茶店の雨戸の潜り戸を抉《こ》じ開《あ》けに掛かった。
十徳に頭巾の浄海と寺男の長吉、二人の浪人は見守った。
源七と安松が潜り戸を抉じ開け、浄海を振り返った。
浄海は促した。
安松は頷き、潜り戸を開けた。
刹那、白刃《はくじん》が突き出され、安松が肩を刺されて仰《の》け反《ぞ》り倒れた。
潜り戸から血に濡れた刀を手にした石原左之助が、夏目恭一郎を従えて現れた。
「おのれ、曲者……」
石原左之助と夏目恭一郎は、猛然と源七と浄海、長吉に斬り掛かった。
二人の浪人が刀を抜き、石原と恭一郎に襲い掛かった。

石原と恭一郎は、二人の浪人と斬り結んだ。

「よし、半次、音次郎。源七と坊主共をお縄にするよ」

半兵衛は命じた。

「心得ました」

「旦那、あっしは……」

五郎八は身を乗り出した。

「夏目恭一郎が怪我をしないように力を貸してやるんだな」

「合点だ……」

「行くよ……」

半兵衛は、物陰を出て茶店に走った。

半次、音次郎、五郎八が続いた。

源七が気付き、慌てて逃げようとした。

半兵衛が駆け寄り、蹴り飛ばした。

源七は倒れた。

音次郎が駆け寄り、源七を十手で滅多打《めったう》ちにして捕《と》り縄《なわ》を打った。

半兵衛と半次は、坊主の浄海と寺男の長吉に迫った。

「盗人の不動の政五郎だな……」

半兵衛は、浄海を厳しく見据えた。

「な、何……」

浄海は狼狽えた。

「神妙にしやがれ」

半次が、十手で殴り掛かった。

長吉が、匕首《あいくち》を抜いて半次に飛び掛かろうとした。

半兵衛が摑まえ、鋭く投げを打った。

長吉は、地面に激しく叩き付けられて気を失った。

半次は、匕首を振り廻す浄海と渡り合った。

半兵衛は、二人の浪人と斬り結んでいる石原と恭一郎に近寄った。

五郎八が現れ、恭一郎が斬り合っている浪人の背後に忍び寄り、匕首で突き掛かった。

恭一郎は驚いた。

浪人は、五郎八の匕首を躱し、蹴飛ばした。

五郎八は、足を縺《もつ》れさせて倒れた。

「おのれ……」

浪人が、倒れた五郎八に刀を振り翳《かざ》した。

刹那、半兵衛が踏み込み、抜き打ちの一刀を放った。

閃光が走った。

浪人は、腹から血を飛ばして倒れた。

「白縫さん……」

恭一郎は、半兵衛に戸惑った眼を向けた。

「怪我はないか……」

半兵衛は笑い掛けた。

「はい……」

恭一郎は、安堵《あんど》の溜息を大きく吐いた。

茶店からおそめが現れ、恐ろしそうに辺りを見廻した。

石原と斬り結んでいた浪人は、慌てて逃げようとした。

半兵衛は、斬り棄てた浪人の刀を拾って投げた。

刀は逃げようとした浪人の尻を掠《かす》めた。

浪人は、踏鞴《たたら》を踏んだ。

石原は、一気に迫って刀を鋭く斬り下げた。

浪人は、袈裟懸《けさが》けに斬られて仰け反り倒れた。

石原は息を鳴らした。

半次は、坊主の浄海を殴り飛ばした。

浄海は、血を吐いて倒れた。

半次は、倒れた浄海に馬乗りになり、十徳と着物を引き下げた。

浄海の露《あら》わになった背中には、不動明王の彫り物があった。

「旦那……」

半次は、浄海の背の不動明王を半兵衛に示した。

「春慶寺住職浄海こと盗賊不動の政五郎、神妙にお縄を受けるんだな」

半兵衛は告げた。

「盗人の仁義の欠片もねえ外道。さっさと獄門台《ごくもんだい》に行きやがれ」

五郎八は罵《ののし》った。

浄海は項垂《うなだ》れた。

半次と音次郎は、浄海に捕り縄を打った。

「どうなっているんですか、白縫さん……」

恭一郎は困惑した。

「此の者共は、不動の政五郎と云う盗人共でね。玉池稲荷の何処かに大昔に死んだ盗賊稲荷の吉兵衛が隠した金があると睨み、探し廻っていたんだ……」

半兵衛は、おそめに笑い掛けた。

おそめは俯《うつむ》いた。

「そうだったんですか……」

恭一郎は驚いた。

「そんな事とは知らなかった……」

石原は眉をひそめた。

「ま。そいつも只《ただ》の云《い》い伝えって奴でね。本当だと云う証拠はなにもない……」

半兵衛は笑った。

北町奉行所は様々な者が出入りしていた。

隙間風の五郎八は、吟味方与力の大久保忠左衛門を訪れた。

忠左衛門は、五郎八を用部屋に通した。

「遅かったな。五郎八……」

忠左衛門は、筋張った細い首を伸ばした。

「は、はい。申し訳ございません」

「して、如何であった」

「はい。夏目恭一郎さん、年増が一人で営む茶店の用心棒をしていましたよ」

五郎八が告げた。

「用心棒だと……」

「はい。茶店を狙う盗賊がおりましてね。石原左之助と云う浪人と三日で二朱で雇われていました」

「三日で二朱だと……」

忠左衛門は、白髪眉をひそめた。

「はい。で、年増は雇主にございます」

五郎八は笑った。

「そうか。して、その茶店を狙った盗賊共は如何致した……」

忠左衛門は、細い首の筋を引《ひ》き攣《つ》らせた。

「はい。半兵衛の旦那がお縄にしました」

「何、半兵衛が……」

「はい。間もなく大久保さまに報告があるものかと……」

「うむ。ま、何《いず》れにしろ、夏目恭一郎、身を持ち崩して愚かな所業、馬鹿な真似はしておらぬのだな」

　忠左衛門は、筋張った細い首を縮めて吐息を吐いた。

「はい。幼馴染みの菊枝さまには御安心をと……」

　五郎八は笑った。

「そうか。うん。良くやってくれた五郎八……」

　忠左衛門は、筋張った細い首を伸ばして五郎八に礼を述べた。

　半兵衛は、盗賊の不動の政五郎を詮議場《せんぎじょう》に引き据え、厳しく取り調べた。

　不動の政五郎は、やはり盗賊稲荷の吉兵衛の隠居金を狙い、おそめの茶店を襲ったのだ。

「と云う事は、玉池稲荷の茶店の先代の店主でおそめの父親の吉蔵は、盗人の稲荷の吉兵衛なのだな……」

　半兵衛は、政五郎に念を押した。

「はい。稲荷の吉兵衛のお頭にございます」

政五郎は頷いた。

「そして、隠居する迄に貯め込んだ隠居金を狙ったか……」

半兵衛は読んだ。

「ええ……」

政五郎は認めた。

「或《あ》る盗人が、隠居金を狙うとは、盗人の仁義の欠片もない奴だと云っていたが……」

半兵衛は、政五郎を厳しく見据えた。

「旦那。所詮《しょせん》、盗人は盗人。義理もなければ人情もありませんよ」

政五郎は、嘲《あざけ》りを浮かべた。

「成る程……」

半兵衛は苦笑した。


大久保忠左衛門は、盗賊不動の政五郎、手下の夜鴉の源七、安松、長吉たちを死罪に処した。

半兵衛は、玉池稲荷の茶店の先代、おそめの父親が盗賊の稲荷の吉兵衛だと明らかにしなかった。

おそめは、父親が盗賊の稲荷の吉兵衛だと知っている。

それは、政五郎を捕らえた時、半兵衛が口にした吉兵衛の名を聞いて俯いた事。茶店を窺う夜鴉の源七たちを奉行所に訴え出なかった事が証拠の一つなのだ。

おそめは、役人に訴え出て調べられ、素性が露見するのを恐れた。

半兵衛は、玉池稲荷の茶店の素性を隠した。

「世の中には、町奉行所のお役人が知らん顔をした方が良い事がありますか……」

半次は笑った。

「稲荷の吉兵衛の隠居金があってもですか……」

音次郎は眉をひそめた。

「ま、あった処でどれだけ残っているか……」

「昔の話ですか……」

「うむ。おそめが真っ当に茶店を営んでいる限り、昔の話を引っ張り出す事もあるまい……」

半兵衛は頷き、大きく背伸びをした。

「昔の話と云えば、大久保忠左衛門さまと夏目菊枝さま、どんな幼馴染みだったんですかね」

五郎八は、楽しそうに告げた。

「さあて、どんな幼馴染みだったのか……」

半兵衛は、細い首の筋を伸ばしてくしゃみをする忠左衛門を思い浮かべ、思わず苦笑した。

この作品は双葉文庫のために書き下ろされました。

双葉文庫

ふ-16-66

新《しん》・知《し》らぬが半兵衛手控帖《はんべえてびかえちょう》

影《かげ》の男《おとこ》

2024年10月12日　第1刷発行

【著者】
藤井邦夫《ふじいくにお》

【発行者】
箕浦克史
【発行所】
株式会社双葉社
〒162-8540 東京都新宿区東五軒町3番28号
［電話］03-5261-4818（営業部）　03-5261-4868（編集部）
www.futabasha.co.jp（双葉社の書籍・コミックが買えます）
【印刷所】
中央精版印刷株式会社
【製本所】
中央精版印刷株式会社

【フォーマット・デザイン】
日下潤一

ISBN978-4-575-67214-5 C0193
Printed in Japan

新・知らぬが半兵衛手控帖

影の男

藤井邦夫

双葉文庫